リンドグレーン・コレクション

ピッピ 船にのる

astrid Lindgren

アストリッド・リンドグレーン 作
イングリッド・ヴァン・ニイマン 絵
菱木晃子 訳

岩波書店

PIPPI LÅNGSTRUMP GÅR OMBORD

Text by Astrid Lindgren
Illustrations by Ingrid Vang Nyman

First published 1946 by Rabén & Sjögren, Sweden.

This Japanese edition published 2018
by Iwanami Shoten, Publishers, Tokyo
by arrangement with
The Astrid Lindgren Company, Lidingö, Sweden.

For more information about Astrid Lindgren,
see www.astridlindgren.com.

もくじ

装丁　中嶋香織

ピッピ　船にのる

1　ピッピはまだ、ごたごた荘《そう》に住んでいました

　もしも、ある旅人《たびびと》がこの小さな小さな町へやってきて、道にまよってしまい、町のはずれまで歩いていったとしたら、その人は、ごたごた荘《そう》を目にすることでしょう。その家は、とりたてて見るべき価値《かち》があるというわけではありません。いまにもくずれおちそうなただの古い家で、まわりにはまったく手入れのされていない庭がひろがっているだけです。

　それでも旅人《たびびと》はとりあえず、その家のまえで足をとめ、だれが住んでいるのだろうと考えるでしょう。もちろん、この小さな小さな町の人たちは、ごたごた荘《そう》にだれが住んでいるのかを知っていますし、玄関《げんかん》まえのベランダになぜ馬が一頭いるのかもわかっています。

　けれども遠くからやってきた旅人《たびびと》は、なにも知りません。ふしぎに思うのは当然《とうぜん》です。とりわけ、とてもとてもおそ

い時間、あたりは暗《くら》くなりかけているというのに、小さな女の子がひとり、寝《ね》ようとするどころか意気《いき》ようようと楽しそうに庭を歩きまわっているのを見たら、その人はこんなふうに思うでしょう。

「なぜ、母親はあの子をベッドに寝《ね》かしつけようとしないんだ？　子どもは、とっくに寝《ね》ている時間だぞ」

でも旅人《たびびと》には、女の子には母親がいないなんてわかるはずがないですし、父親もいない、つまり、少なくともその家にはいないのだということを知るわけもないのです。

そうなのです。この女の子はたったひとりで、ごたごた荘《そう》に住んでいました。いいえ、たったひとりというのは、正確《せいかく》ではありませんね。玄関《げんかん》まえのベランダにはこの子の馬がいますし、家の中にはニルソンさんという名前のサルもいました。でも、こうしたことを、この町へきたばかりの人に知っていろというほうが、むりな話です。

もしも庭にいる女の子が門のところまできてくれれば――ええ、この子は、かならずそうするでしょう。おしゃべりが好《す》きな子ですから――旅人《たびびと》は、女の子をまじまじと見ることができます。そして、こう思わずにはいられないでしょう。

「こんなそばかすだらけの、赤毛の子どもは見たことがないぞ」

それから、旅人《たびびと》はこんなふうに考えるかもしれません。

「いやいや、そばかすだらけの赤毛の子どもというのも、見ていて悪《わる》くはないぞ。この子みたいに、こんなに生き生きとしていて楽しそうならば」

となると、もうこの人は、暗《くら》くなりかけた庭にひとりでいるこの赤毛の女の子はなんという名前なのだろうと気になって仕方《しかた》がなくなるでしょう。だとしたら、いっそ門に近づいて、女の子にこうたずねさえすればいいのです。

「きみ、名前は?」

もちろん、こたえはすぐにかえってくるはずです。とても明るい元気のいい声で。

「あたしの名前は、ピッピロッタ・タベリーナ・カーテンレーヌ・クルクルミント・エフライムノムスメ・ナガクツシタ。かつては〈海の脅威《きょうい》〉とおそれられ、いまは南の島の王さまのナガクツシタ船長の娘《むすめ》よ。でも、みんなからは『ピッピ』って呼《よ》ばれてるの!」

そうです! この子は、ピッピ・ナガクツシタというのです!

いま、父親のことを南の島の王さまだといったのは、この子がそう信《しん》じているからです。

というのは、船長のパパは、ピッピもいっしょに船にのって旅をしていたとき大嵐《おおあらし》にあい、海の中に吹《ふ》きとばされ、そのまま行方《ゆくえ》知れずになってしまったのでした。でも、ピッピはあの太っているパパがおぼれ死ぬわけがない、パパはどこかの南の島に流《なが》れつき、島の王さまになっているのだと、かたく信《しん》じていました。

さて、この旅人《たびびと》に時間があり、その夜の列車《れっしゃ》にのる必要《ひつよう》がないならば、旅人《たびびと》はもう少しピッピと話がしたいと思うでしょう。そしてじきに、馬とサルをのぞけば、ピッピがたったひとりでごたごた荘《そう》に住んでいるのだということを知り、さらに心根《こころね》のいい人ならば、こう考えずにはいられなくなるでしょう。

「このかわいそうな子は、いったいどうやって暮《く》らしをたてているんだ？」

でも、心配にはおよびません。「あたしは、トロルみたいにお金もちよ」とピッピがいつもいうように、まさにそのとおりなのです。

ピッピの旅行カバンには、パパからもらった金貨《きんか》がぎっしりつまっていますから、旅人《たびびと》は女の子の暮《く》らしを心配する必要《ひつよう》などないのです。パパとママがいなくても、ピッピはとてもうまいこと暮《く》らしているのでした。

ごたごた荘の中は、こんなふうになっています。

もちろん、毎晩《まいばん》、ピッピに「もう寝《ね》なさい」という人はいません。でも、ピッピはいいやり方《かた》を見つけていました。自分で自分にいうのです。ときには夜の十時すぎになるまでいわないこともありましたが、ピッピは子どもは七時に寝《ね》なくちゃならないとは、これっぽっちも思っていませんでした。なにしろ、そのころがいちばん楽しい時間なのですから。

そういうわけですから、と

っくに日がしずみ、肌寒《はださむ》くなりはじめた時間に、ピッピが庭を歩きまわっていても、旅《たび》人《びと》はおどろくことはなかったのです。もちろん、トミーとアニカはとっくに自分たちのベッドですやすやねむっていましたけれど。

トミーとアニカって、だれかって？　そうでした、この旅人《たびびと》はトミーとアニカのことも知らないのでした。

トミーとアニカは、ごたごた荘《そう》のとなりの家に住んでいるピッピの遊び友だちです。

この旅人《たびびと》、もう少し早くくればよかったのに。そうすれば、トミーとアニカに会えたのに。本当にかわいい、ふたりのいい子たちに。もう少し早くきていれば、旅人《たびびと》はピッピの家でトミーとアニカの姿《すがた》をまちがいなく見ることができたでしょう。

というのは、ふたりは毎日、走ってピッピの家へやってきて、ピッピとずっといっしょにいるからです。寝《ね》ているときと食事のときと学校へ行っているとき以外《いがい》は、いつも。でも、いまは夜ですから、ふたりはベッドで寝《ね》ています。トミーとアニカには家にお父さんとお母さんがいて、お父さんとお母さんは、子どもは七時に寝《ね》るものだと考えているのです。

さてさて、この旅人《たびびと》にまだまだ時間があるのなら、ピッピがおやすみをいって、門からはなれていったあとも、しばらくそこに立っているかもしれません。ひとり暮《ぐ》らしのピッピがどうするのか、すぐには家の中へはいっていかず、まだ寝《ね》るつもりはないのか見きわめるために。旅人《たびびと》は門柱《もんちゅう》のかげに立って、ちょっと用心《ようじん》しながら、ようすをうかがうかもしれません。

考えてもみてください。そこでピッピが夜、たまにすることをしたとしたら……。今夜は馬にのりたいと思ったら……。玄関《げんかん》まえのベランダにあがっていき、力強い両《りょう》うでで馬をたかだかともちあげ、さっと庭におろしたら……。旅人《たびびと》は目をこすり、自分は夢《ゆめ》を見ているのかと思うでしょう。

「まったく、なんという子だ……」旅人《たびびと》は門柱《もんちゅう》のかげで、ひとりごとをつぶやくかもしれません。「馬をもちあげられる子なんて、はじめて見たぞ！　いやはや、実《じっ》に、たいした子だ！」

旅人《たびびと》のいうとおりでした。ピッピは、だれよりも本当にたいした子でした。少なくとも、この町では――。ほかの町へ行けば、もっとすごい子がいるかもしれませんが、この小さな町では、ピッピ・ナガクツシタにかなう子どもはいませんでした。そして、この小さな町にも、この地球上のどこにも、おとなでも子どもでも、ピッピほどの力もちはいなかったのです。

2　ピッピが買いものにでかけました

　お日さまがかがやき、鳥たちがさえずり、あちこちの水《すい》路《ろ》に雪どけ水がさらさらと流《なが》れる、ある美しい春の日のことでした。トミーとアニカがピッピの家へ走ってやってきました。トミーはピッピの馬にやる角砂糖《かくざとう》を二個《こ》、手にもっていました。ふたりはちょっとのあいだ玄関《げんかん》まえのベランダで足をとめ、馬をやさしくたたき、それからピッピのところへ行きました。

　家の中にはいっていくと、ピッピはまだベッドで寝《ね》ていました。足をまくらにのせ、頭にふとんをかけて――これはピッピが寝《ね》るときの、いつものかっこうです。

　アニカはピッピの足の親指をつねると、いいました。

「ねえ、おきて！」

　オナガザルのニルソンさんはとっくにおきていて、天井《てんじょう》からつりさがっている電気のかさにとびのっていました。

ベッドのかけぶとんの下では、なにかがもそもそ、うごきだしました。と思うや、赤毛の頭がぬっとあらわれました。ピッピです。ピッピはすんだ目をぱっちりあけて、にっこりと笑《わら》いました。

「あら、親指をつねったの、あんたたちだったのね！　夢《ゆめ》の中では、パパだったけど。あたしの足にウオノメがあるか、しらべようとしてたのよ」ピッピはおきあがり、ベッドのふちに腰《こし》かけると、くつ下をはきはじめました。片方《かたほう》が茶色で、片方《かたほう》が黒の長くつ下です。

「だけど、ウオノメなんかできっこないわ。こういうくつをはいていればね」ピッピはそういって、くつ下をはいた足を、じっさいの足の大きさの二倍《ばい》はある大きな黒いくつにつっこみました。

「ピッピ」トミーが話しかけました。「きょうは、なにをする？　アニカもぼくも、学校、休みなんだよ」

「まあ、それは考えないと」ピッピはこたえました。「クリスマスツリーのまわりでは、おどれないし。ツリーは三か月まえにすてちゃったものね。氷が張《は》ってたら午前中いっぱ

い、氷すべりができたけど、それもむり。金《きん》をほるのは楽しそうだけど、どこにあるか知らないから、これもだめ。たいていはアラスカにあるけど、そのためだけに、わざわざアラスカまで行くわけにもいかないし。うーん、だったら、なにかほかのことを見つけなきゃ」

「そうよ、なにか楽しいことをね」アニカもいいました。

ピッピは髪《かみ》を左右にわけて、きつくおさげを編《あ》みました。二本のおさげが頭の左右に、ぴんとつきだします。

ピッピはしばらく考えてから、こういいました。

「ねえ、町へ行って、チョッピングするのはどう？」

「ショッピングだね？　でも、ぼくたち、お金をもってないよ」トミーがいいました。

「あたしは、もってるわ」ピッピはそういうと、すぐに証拠《しょうこ》を見せようと立っていき、旅行カバンをあけました。カバンの中には、金貨《きんか》がぎっしりとつまっていました。

ピッピは金貨《きんか》をひとつかみにぎると、エプロンのおなかのポケットにいれました。

「あとは帽子《ぼうし》さえあれば、でかけられるわ」

ところが、帽子《ぼうし》が見あたりません。

たきぎ箱の中を見てみましたが、なぜかそこにはありません。食料棚《しょくりょうだな》のパン入れの中をのぞいてみましたが、あるのは、くつ下どめが片方《かたほう》と、こわれた目ざまし時計と、味のついていない小さなラスクだけでした。帽子棚《ぼうしだな》にも行ってみましたが、そこにはフライパンとねじまわしとチーズのかけらしかありませんでした。

「ちっとも整理整頓《せいりせいとん》されてないから見つからないのよ」ピッピは、ぶすっとしていいました。「でも、このチーズはずっとさがしてたの。見つかってよかった」

それから突然《とつぜん》、大声をはりあげました。

「おーい、帽子《ぼうし》！　チョッピングについてきたいの、きたくないの？　いますぐでてこないなら、おいてくわよ！」

もちろん、そんなことをいっても帽子《ぼうし》はでてきません。

「まったく、そこまで頑固《がんこ》ならそっちが悪《わる》いのよ。帰ってきたとき文句《もんく》をいっても、一切《いっさい》うけつけないからね」ピッピは、いいきりました。

それからまもなくして、トミーとアニカと、肩《かた》にニルソンさんをのせたピッピが、町へ歩いていく姿《すがた》が見えました。

お日さまはきらきらとかがやき、空はどこまでも青く、三人はとてもうれしそうです。道のわきの水路《すいろ》には、雪どけ水がさらさらと流《なが》れていました。

「あたし、水路《すいろ》って大好《だいす》き！」ピッピはそういうと、いきなり水の中にはいりました。水路《すいろ》は深く、ひざの上まで水がきます。ピッピが元気よくとびはねると、トミーとアニカに水がかかりました。

「あたし、船よ」ピッピは気にせず、水を切るように歩きはじめました。と思うや、つまずいて、前《まえ》のめりになって水の中にしずみ、水面《すいめん》に顔をだすと、まったくこりたようすもなく、「正しくは潜水艦《せんすいかん》だわね」とつづけました。

「ピッピったら、びしょぬれよ」アニカが心配していうと、ピッピはいいかえしました。

「それがどうしたっていうの？　子どもはいつも乾《かわ》いてなくちゃならないなんて、だれがいったの？　冷水《れいすい》まさつは、からだにいいっていうじゃない？　子どもは水路《すいろ》の中を歩いちゃいけないなんていってるのは、この国だけよ。アメリカじゃ、どの水路《すいろ》も子どもだらけ。水が流《なが》れるすきまもないくらいなの。そうよ、一年じゅう、子どもは水路《すいろ》にはいってていてね。冬になると凍《こお》りついちゃうの。頭だけだして。母親たちは水路《すいろ》へ行って、子どもにフルーツスープやミートボールをあげなくちゃならない。だって、夕飯《ゆうはん》を食べに家に帰れないんだもの。だけど子どもたちはみんな、クルミの実《み》みたいにじょうぶなの。ほんとよ！」

さて、春の日ざしをあびたこの小さな町は、いつにもましてかわいらしく見えました。まるい石が敷《し》かれたせまい通りが、家々のあいだをゆるやかにまがりながら、四方八方《しほうはっぽう》にのびています。たいていの家のまわりには小さな庭があって、スノードロップやクロッカスが咲《さ》いていました。

店も、たくさんありました。美しい春の日なので、おおぜいの人が買いものにきていて、お客がでたりはいったりするたびにチリリンと鳴る、ドアの鐘《かね》の音があちらこちらからきこえています。

ご婦人《ふじん》たちはうでにかごをさげて、コーヒーや砂糖《さとう》や石けんやバターを買いにきていました。町の子どもたちも、キャラメルやガムを買いにきていました。といっても、子どもたちの多くはお金をもっていないので、かわいそうに、ほとんどの子が店の外に立って、ショーウインドウの中のおいしそうなお菓子《かし》をながめているだけなのです。

そんな小さな町の大通りにトミーとアニカとピッピがあらわれたのは、お日さまがいちばん美しくかがやく時間でした。びしょぬれになっていたピッピは、からだからぽたぽたとしずくをたらし、地面《じめん》に水の線をひきながら歩いています。

「あたしたち、本当にしあわせね」アニカがいいました。「見て。町にはこんなにたくさんお店があって、エプロンのポケットには金貨《きんか》がいっぱいなんだもの」

トミーもそのことを考えるとうれしくなって、ぴょんと大きくとびはねました。

「じゃあ、そろそろ、はじめない？」ピッピがいいました。「あたしは、まずピアノがほ

しい」

「でも、ピッピ」トミーがききました。「ピッピはピアノ、ひけないんじゃない？」

「そんなこと、わからないわ。ひいたことないもの。ひいてみるピアノをもってなかったんだもの。だから、トミー、いい？　ピアノなしでピアノをひけるようになるには、そりゃあ、ものすごく練習《れんしゅう》しないとだめってことよ」

ピッピたちはピアノ屋さんをさがしましたが、どこにも見あたりませんでした。

かわりに、三人は化粧品屋《けしょうひんや》さんのまえを通りかかりました。ショーウインドウに大きなびんがかざってあります。びんの横《よこ》には、「そばかすで、お悩《なや》みですか？」と書かれた厚《あつ》紙《がみ》の広告《こうこく》が立てかけてありました。

「なんて書いてあるの？」ピッピがききました。ピッピは、字を読むのが得意《とくい》ではありません。ほかの子みたいに、学校へ行こうとしないからです。

「『そばかすで、お悩《なや》みですか？』って書いてあるのよ」アニカがこたえました。

「ふうん、そう」ピッピは考えぶかげにいいました。「ていねいな質問《しつもん》には、ていねいにこたえないといけないわ。はいるわよ！」

ピッピはドアをあけて、店の中にはいりました。トミーとアニカも、あとにつづきます。

カウンターのおくに、少し年配《ねんぱい》の女の人が立っていました。

ピッピは女の人のまえへつかつかと歩いていき、いいました。

「い・い・え」

「はあ？　なにか、おさがしですか？」女の人はききかえしました。

「い・い・い・え」ピッピは、もう一度いいました。

「なんのことだか、さっぱりわからないわ」

「あたしは、そばかすで、お悩《なや》みではないってことよ」

すると、女の人もようやく意味《いみ》がわかったらしく、ピッピを見つめていいました。

「でもね、おじょうちゃん。あなた、顔じゅう、そばかすだらけよ！」

「ええ、そうよ。でも、お悩《なや》みなんかじゃないわ。あたし、そばかす、大好《だいす》きなの。では、ごきげんよう、よい朝を」ピッピはそういって店をでていこうとしましたが、ドアのところでふりむくと、大きな声でいいました。「でも、もしも、そばかすをもっとふやせるクリームを仕入れたら、あたしに七つでも八つでも送ってちょうだいね！」

化粧品屋《けしょうひんや》さんのとなりは、婦人服《ふじんふく》を売っている店でした。

「あたしたち、まだなんにもチョッピングしてないわ。もっとがんがん行かなきゃだめよ」ピッピはいいました。

そこで三人は、ピッピ、トミー、アニカの順《じゅん》で、婦人服店《ふじんふくてん》にはいりました。

最初《さいしょ》に目についたのは、青い絹《きぬ》のワンピースを着《き》た、とてもきれいなマネキン人形でした。ピッピは人形に近づくと、心から力をこめてぎゅっと手をにぎりました。

「はーい、こんにちは。いいお日和《ひより》で。おくさんが、このお店のご主人ね。お目にかかれて光栄《こうえい》よ」ピッピはそういって、人形の手をさらに力をこめてふりました。

そのとき、おそろしいことがおきました。人形のうでが肩《かた》からはずれて、袖口《そでぐち》からすっぽりぬけてしまったのです。ピッピは人形の細長い白いうでをもって、つっ立っています。

トミーはぎょっとして息をのみ、アニカは泣《な》きだしそうになりました。

男の店員がかけつけてきて、ものすごい剣幕《けんまく》でピッピをしかりはじめました。

ピッピは男の人の話をきいてから、いいました。

「まあまあ、ちょっと頭を冷《ひ》やして。ここはセルフサービスのお店かと思ったのよ。あたし、このうでを買おうかと」

すると、店員はますますおこりだしました。マネキン人形は売りものではない、売るにしても片《かた》うでだけ売れるはずがない、だが人形をこわしてしまったのだから一体分のお金をはらえ、と一気《いっき》にまくしたてたのです。

「まったくおかしな話よ」ピッピは、いいかえしました。「でも、まあ、ほかのお店がみんな、こんなばかげたやり方《かた》をしないのは助かるわ。考えてもみて。たとえばこんど、あたしが夕飯《ゆうはん》にカブのマッシュをつくろうとしてよ。肉屋へ行って、マッシュに添《そ》えるブタのももを一本くださいなっていってるのに、肉屋がブタを一頭まるごと、あたしにおしつけてきたら、どうするの？」

ピッピはこんなことをしゃべりながら、エプロンのポケットから大げさな手ぶりで金貨《きんか》を二枚《まい》つまみだし、カウンターの上になげるようにおきました。

店員はびっくりして、口もきけません。

「なあに？　あのオバサンの人形はもっと高いの？」ピッピはききました。

「ま、まさか。こんなにお高くはございません」店員はこたえると、ふかぶかと頭をさげました。

「じゃあ、おつりはとっておいて。子どもたちに、なにかおいしいものでも買いなさい」

ピッピはそういうと、ドアのほうへ歩きだしました。

店員はピッピを走って追いかけ、ぺこぺことおじぎをくりかえしました。

「人形は、どちらにお送りすればよろしいでしょうか？」店員がたずねると、ピッピはいいました。

「あたしは、このうでだけがほしいの。自分でもって帰るわよ。残《のこ》りは、まずしい人たちにわけてあげて。さようなら！」

通りへでると、トミーがききました。

「そのうで、どうするの？」

「これね。どうするかって？」ピッピはこたえました。「入れ歯やかつらをつけてる人っているわよね？　つけ鼻《ばな》だって、たまにはあるわ。だったら、つけうでをあたしがもっていてもいいわよね？　うでが三本って、本当に便利《べんり》なのよ。パパと船にのってたころ、一度、ある町へ行ったらね、そこの人たちはみんな、うでが三本あったの。おかしい？　おかしいことなんかないのよ。たとえば食事のとき、片手《かたて》にナイフ、片手《かたて》にフォーク、で、急に鼻をほじりたくなったり、耳をかきたくなったりしたら、三本めのうでの登場《とうじょう》よ。その町の人たちは、三本めのうでのおかげで、ずいぶんと時間を節約《せつやく》していたの」

ピッピはそこまでいうと急におしだまり、首を横《よこ》にふりました。

「あーあ、あたし、またうそいっちゃった。ふしぎよね。突然《とつぜん》、あたしの中からうそがぶくぶく泡《あわ》みたいにわきでてきて、とめられなくなるの。本当は、その町の人、うでを三本も、もってなんかいなかった。二本だけよ。まったく、あたしときたら、いつもこう。人とはちがうとくべつな自分を見せたくて、じっさいよりたくさんうでのある人たちを思いついたりしちゃうのよ」

それからピッピはマネキン人形のうでをかっこよく肩《かた》にかつぐと、行進《こうしん》するように、どしどしと歩いていきました。

足をとめたのは、お菓子屋《かしや》さんのまえでした。子どもたちがショーウインドウにはりついて、中にならんでいるおいしそうなお菓子《かし》を、食《く》いいるようにながめていたのです。大きなガラスのびんにつまった赤や青や緑の飴玉《あめだま》、ずらりとならんだ板チョコレート、ガムの山に、よだれのたれそうな棒《ぼう》つきキャラメル――。ショーウインドウのまえの小さな子どもたちがときどきため息をつくのも、もっともだというものです。しかも子どもたちは、お金をもっていないのです。小さな五エーレ玉《だま》さえも。

「ピッピ、この店にはいろうよ」トミーはせがむようにいうと、ピッピの服をひっぱりました。

「はいろう、はいろう。おくのおくまで、ずずーっとね！」ピッピも大きな声でいいました。

三人はさっそく、お菓子屋《かしや》さんへはいっていきました。

「飴玉《あめだま》を十八キロちょうだい！」ピッピはいきなりこういうと、金貨《きんか》を一枚《まい》ふりました。

店員の女の人は、口をぽかんとあけました。一度にこんなにたくさんの飴玉《あめだま》を買うお客には、慣《な》れていないのです。

「飴玉《あめだま》を十八個《こ》ですか？」店員の女の人はききかえしました。

「ううん、飴玉《あめだま》を十八キロほしいの」ピッピは金貨《きんか》をカウンターの上におきました。

店員の女の人はあわてて大きな袋《ふくろ》を何枚《なんまい》もとりだし、飴玉《あめだま》をざくざくといれはじめました。

トミーとアニカはそばに立って、いちばんおいしいのはどの飴《あめ》か、指でさしながら話しています。

赤い色の飴《あめ》には、とてもおいしいのがあるのです。口にいれてすっていると、突然《とつぜん》、あまいクリームが口の中にひろがります。緑色のあまずっぱい飴《あめ》も悪《わる》くありません。ラズベリーのゼリーや、船の形をした黒いラクリスキャンディも、もちろん、いけました。

あめ

「それぞれ三キロずつにしましょうよ」アニカがいいました。そして、そのとおりになりました。

ピッピは、さらに注文をつづけました。

「棒《ぼう》つきキャラメルを六十本と、ふつうのキャラメルを七十二箱ちょうだいな。それと、そうね、シガレット・チョコを百三本くらいで、きょうはたりるかな。あとは、買ったものをぜんぶのせられる小さな荷車《にぐるま》がいるわね」

すると店員の女の人が、荷車《にぐるま》なら、となりのおもちゃ屋さんで売っているとおしえてくれました。

お菓子屋《かしや》さんの外には、さらにたくさんの子どもが群《むら》がり、店の中をじっとのぞいていました。ピッピの買いっぷりに興奮《こうふん》して、多くの子が目をまわしそうになっていたくらいです。

ピッピはとなりのおもちゃ屋へいちもくさんに走っていくと、すぐに荷車《にぐるま》を買ってでてきました。そして荷車《にぐるま》にお菓子《かし》の袋《ふくろ》をぜんぶのせ、あたりを見まわしながら、さけびました。

「お菓子《かし》を食べない子は、まえにでてきてちょうだい！」

だれも進みでません。

「あらまあ、変《へん》ね。じゃあ、食べる子は？」

すると、二十三人の子どもが進みでました。もちろん、トミーとアニカもです。

「トミー、袋《ふくろ》をあけて」

トミーは、ピッピにいわれたとおりにしました。

こうして、この小さな町ではこれまでに見たことのないような、お菓子《かし》の食べっこがはじまりました。子どもたちはみんな、口《くち》いっぱいにお菓子《かし》をほおばりました。クリームがとろけてでてくる赤い飴《あめ》、緑色のあまずっぱい飴《あめ》、ラズベリーのゼリー、船の形の黒いクリスキャンディをつぎつぎと口にいれていくのです。たばこの形のシガレット・チョコは、ずっと口にくわえておくことができるので、これは好都合《こうつごう》でした。チョコレートはラズベリーのゼリーといっしょに食べると、なおいっそう味がひきたつのです。

町のあちらこちらから、新しい子どもたちがぞくぞくと走ってきました。

ピッピは両手《りょうて》でお菓子《かし》をくばりながら、いいました。

「あと十八キロ買わないとだめね。これじゃ、明日《あした》までもたないわ」そして、さっそく十八キロ買いたしましたが、それでも明日《あした》までもちそうにありませんでした。

「そろそろ、つぎのお店へ行くわよ」ピッピはそういうと、おもちゃ屋さんへはいっていきました。

子どもたちもみんな、あとにつづきます。

おもちゃ屋さんには、楽しいものがたくさんありました。ぜんまいをまくとうごく列車《れっしゃ》や自動車、おしゃれなドレスを着《き》たかわいい人形、ままごと用のコーヒーセット、火薬《かやく》ピストル、スズの兵隊《へいたい》、ぬいぐるみの犬やゾウ、色とりどりのシール、あやつり人形。

「なににいたしますか?」女性《じょせい》の店員さんがききました。

「ぜんぶ、少しずつくださいな」ピッピはこたえると、棚《たな》をじろりと見まわしました。

「あやつり人形がたりなくて、こまってたの。火薬《かやく》ピストルもね。でも、もう、だいじょうぶそう」

ピッピは金貨《きんか》をひとつかみ、とりだしました。

子どもたちはそれぞれ、いちばんほしいものをえらべること

になりました。
アニカはピンクの絹《きぬ》のドレスを着《き》た、金色のまき毛のとても
すてきな人形をえらびました。おなかをおすと、「ママ」とし
ゃべるのです。トミーは、空気銃《くうきじゅう》と蒸気《じょうき》マシンがほしいと思い
ました。そして、両方《りょうほう》とも手にしました。
ほかの子どもたちもみんな、自分のほしいものを指さしまし
た。
ピッピは自分にはなにも買いませんでしたが、ニルソンさん
には小さな手鏡《てかがみ》を買ってやりました。そして子どもたちが店を
でていくまえに、ひとりひとりにカッコウの形のオカリナも買
いました。
買いものがすっかりすんだときには、店の中はほとんどから
っぽになっていました。シールが数枚《すうまい》と、積《つ》み木《き》が何個《なんこ》か残《のこ》っ
ていたくらいです。

子どもたちは通りにでると、さっそくオカリナを吹《ふ》きはじめました。ピッピがマネキン人形のうでで、指揮者《しきしゃ》のように拍子《ひょうし》をとります。

小さな男の子が自分のオカリナは音がでないと文句《もんく》をいうと、ピッピはそれを手にとって、よく見てみました。

「あらいやだ、音がでなくてあたりまえよ。穴のところにガムがくっついてるもの。こんな高価《こうか》なもの、どうしたの？」ピッピはそうたずねると、白いかたまりをえいっとなげすてました。「あたし、ガムは買わなかったはずよ」

「金曜日から、ずっとかんでたんだ」男の子はこたえました。

「そんなことしてて、こわくなかった？　ガム

をずっとかんでると、口がひっついちゃうのよ。最後《さいご》はそうなるって、あたしは思ってたわ」ピッピはいいました。

男の子はピッピからオカリナをかえしてもらうと、みんなとおなじように、うれしそうに吹《ふ》きはじめました。

しばらくのあいだ、大通りにはオカリナの音が鳴りひびき、とてもにぎやかでした。とうとう、おまわりさんがなにごとかとやってきて、大きな声できさきました。

「このさわぎは、いったいなんなんだ?」

「『クローノベルイ連隊行進曲《れんたいこうしんきょく》』よ」ピッピがこたえました。「でも、みんながみんな、そのつもりかどうかはわからない。『ほえろ、兄弟、雷《かみなり》のように』を吹《ふ》いていると思ってる子もいるかもね」

「すぐにやめなさい」おまわりさんは両手《りょうて》で耳をふさぎ、どなりました。

「あたしたちがトロンボーンを買わなくてよかったと思ってね」ピッピはマネキン人形のうらででおまわりさんの背中《せなか》をつんつんとたたいて、なぐさめました。

オカリナの音は、だんだんとしずかになっていきました。最後《さいご》にひとり、ポーッ、ポーッとたよりない音をだしていたのは、トミーです。

おまわりさんは、もう一度、大きな声でぴしゃりといいました。

「いいかね、この大通りで、人があつまることをやってはいけないのだ。子どもたちは、いますぐ家へ帰りなさい!」

子どもたちのほうも、おまわりさんのいうことに反対《はんたい》ではありませんでした。家へ帰って、おもちゃの列車《れっしゃ》や自動車をうごかしたり、新しい人形のベッドをととのえたりしたかったのです。

子どもたちはだれもが満足《まんぞく》した顔で、うれしそうに帰っていきました。その晩《ばん》、夕食を食べた子はひとりもいませんでした。

ピッピとトミーとアニカも帰ることにしました。

ピッピは荷車《にぐるま》をひきながら、通りかかる店の看板《かんばん》をながめては、できるかぎり、つづりをいってみせました。

「や、つ、き、よ、く。まあ、ここって、くりすを買うところじゃない？」

「そうよ、くすりを買うところよ」アニカがいいなおしました。

「なら、あたし、いますぐ買わなくちゃ」

「でも、ピッピは病気じゃないだろ？」トミーがいいました。

「いまは病気じゃなくても、なるかもしれないもの。毎年、たくさんの人が病気になって死ぬのよ。適切《てきせつ》なときに、くりすを買わなかったせいでね。そんな目にあうなんて、あたしはまっぴらごめん」ピッピはいいました。

薬局《やっきょく》の中では薬剤師《やくざいし》さんが、ねりあわせたくすりを小さな粒《つぶ》にまるめているところでした。でも、薬剤師《やくざいし》さんはもうあと二、三粒《つぶ》でやめようと思っていました。そろそろ店をしめる時間だったからです。

そのとき、ピッピとトミーとアニカが店の中にはいってきて、カウンターのまえに立ちました。

「くりすを四リットルちょうだい」ピッピはいいました。

「どんな？」薬剤師《やくざいし》さんは、いらついた声でききました。

「そうね、病気によくきくのがいいわ」

「だから、なんの病気かね？」薬剤師《やくざいし》さんはさらにいらいらして、ききかえしました。

「えーっと、百日ぜきとか、くつずれとか、腹痛《はらいた》とか、三日ばしかとか、それから、鼻のあなにエンドウ豆《まめ》をいれちゃったときとか。家具《かぐ》をみがくのにも使えると、なおいいわ。それって、本当に役にたつくりすでしょ！」

「そんなに、なんでもきくくすりがあるわけがない」薬剤師《やくざいし》さんはいいました。「病気がちがえば、くすりもちがうのだ」

ピッピは気にせず、さらに十以上《いじょう》のなおしたい病気の名前を口にしました。

すると薬剤師《やくざいし》さんはカウンターの上にくすりのびんをずらりとならべ、そのうちのいくつかに「外用《がいよう》」と書きました。つまり、のむくすりではなく、からだにぬるくすりという意味《いみ》です。

ピッピはお金をはらい、くすりのびんをかかえると、お礼《れい》をいって店をでていきました。

トミーとアニカも、あとにつづきました。

薬剤師《やくざいし》さんが時計を見ると、もう本当に閉店《へいてん》の時間でした。ピッピたちが店からでていったあと、薬剤師《やくざいし》さんはドアにしっかりとかぎをかけ、これでやっと家へ帰れる、帰ったら夕食だぞ、とせいせいした気もちになりました。

ところが薬局《やっきょく》のまえで、ピッピは地面《じめん》にくすりのびんをおくと、いいました。

「やだやだ、あたしったら、いちばんだいじなことをわすれるところだった」

すでにドアにはかぎがかかっていたので、ピッピは人さし指で呼《よ》び鈴《りん》をおしました。力強く、長く――トミーとアニカの耳に、薬局《やっきょく》のおくで、けたたましく鳴っている呼《よ》び鈴《りん》の音がきこえました。

少しして、ドアについている小窓《こまど》があきました。夜中に病気になった人が、くすりを買うための小窓《こまど》です。その小窓《こまど》から、薬剤師《やくざいし》さんが顔をのぞかせました。顔はまっ赤《か》です。

「まだ用なのか？」薬剤師《やくざいし》さんは、おこった声でいいました。

「そうなの。ごめんなさい、親切なくりす屋さん」ピッピはいいました。「でも、あたしひとつ思いだしちゃったの。くすり屋さんは病気のこと、よく知ってるんでしょ？　だったら、おしえて。おなかがいたいとき、あたたかい肉入りジャガイモ団子《だんご》を食べるのと、冷《つめ》たい水におなかをつけるのと、どっちがいいの？」

薬剤師《やくざいし》さんはさらに顔を赤くして、どなりました。

「うせろ！　さもないと……」

そして、そこまでいいかけて、小窓《こまど》をバタンとしめました。

「あらまあ、おこりっぽい人ね。あたしがなにか悪《わる》いことをしたみたいじゃないの」ピッピはそういって、もう一度、呼《よ》び鈴《りん》をおしました。

すると数秒もしないうちに、薬剤師《やくざいし》さんがまた小窓《こまど》をあけて顔をだしました。もう本当に、顔がまっかっ赤《か》です。

「あたたかい肉入りジャガイモ団子《だんご》は、たぶん消化によくないわよね」ピッピは、親《した》しげな目で薬剤師《やくざいし》さんを見あげました。

薬剤師《やくざいし》さんはなにもこたえずに、バタンと小窓《こまど》をしめました。

「おしえてくれないなら、いいわよ」ピッピは肩《かた》をすくめました。「あたし、あたたかい肉入りジャガイモ団子《だんご》をためしてみるから。それで具合《ぐあい》が悪《わる》くなったら、くりす屋さんのせいよ」

ピッピは薬局《やっきょく》のまえの階段《かいだん》にどっかりと腰《こし》をおろすと、くすりのびんを一列《れつ》にならべなおしました。

「ねえ、おとなって、むだなことするわね。見て、八つもあるのよ。ひとつのびんにいれられるのに。でも、まあ、あたしが少しは機転《きてん》のきく子でよかったわ」ピッピはそういったとたん、八本のびんの栓《せん》をぬき、ひとつのびんにぜんぶのくすりをいれました。そして、そのびんを力いっぱいふってから口にもっていき、ごくんごくんとのみました。

くすりのなかに「外用《がいよう》」があることを知っていたアニカは、ちょっと心配になり、ききました。

「でも、ピッピ。どうして、そのくすりが毒《どく》じゃないってわかるの?」

「わかるわよ」ピッピは明るい声でこたえました。「おそくても明日《あした》になればね。明日《あした》になっても、あたしが生きていれば毒《どく》じゃない。ということは、どんな小さな子にのませてもだいじょうぶってことよ」

トミーとアニカは、そのことをよくよく考えてみました。それから、トミーがおそるおそる、とても低《ひく》い声でたずねました。

「もしも毒《どく》だったら、どうなるの？」

「そしたら、あんたたちはびんに残《のこ》っているくりすで、食堂《しょくどう》のいすやテーブルをみがくのよ。毒《どく》であろうとなかろうと、買ったくりすはむだにしちゃだめ」

ピッピはいいきると、くすりのびんを荷車《にぐるま》の上におきました。

荷車《にぐるま》には、マネキン人形のう

で、トミーの空気銃《くうきじゅう》と蒸気《じょうき》マシン、アニカの人形がのっていました。小さな赤い飴玉《あめだま》が五個《こ》はいった袋《ふくろ》も――つまり、これが買いたした十八キロのお菓子《かし》の残《のこ》りでした。

　ニルソンさんも、すわっていました。ニルソンさんはすっかりくたびれていたので、荷《に》車《ぐるま》にのって帰ることにしたのです。

「でも、このくりす、とてもいいくりすだと思うな。だって、あたし、もう元気がでてきたもの。とくにしっぽのあたりに、力がみなぎってきた気がする」ピッピはそういって、小さなおしりをまえにうしろにうごかしてみせました。

　こうして、ピッピはおしりをひょこひょこうごかしながら、ごたごた荘《そう》まで荷車《にぐるま》をひいていきました。

　トミーとアニカは荷車《にぐるま》の横《よこ》を歩きながら、なんだかほんの少し、おなかがいたいような気がしていました。

3　ピッピが手紙を書いて、学校へ行きました——でも少しだけ

「きょう、アニカとぼくは、おばあちゃんに手紙を書いたんだ」トミーがいいました。

「ふうん」ピッピは、かさの柄《え》でなべをかきまわしながら返事《へんじ》をしました。それから、なべに鼻をつっこんで、においをかぎました。「これ、すばらしい夕食になるわよ。力いっぱいかきまわしながら、一時間、煮《に》る。ショウガをいれずに、すぐに器《うつわ》に……。えっ、いま、なんていった？おばあちゃんに手紙を書いたって？」

「うん」たきぎ箱の上にすわっていたトミーは、うれしそうに足をぶらぶらさせました。「もうすぐ、おばあちゃんから返事《へんじ》がくると思う」

「あたしには、手紙なんかこないわ……」ピッピは、つまらなさそうにいいました。

「それは、自分から書かないからよ」アニカが口をはさ

みました。「自分から書かないと、手紙なんてきっこないわ」

「ピッピが学校へ行きたがらないからだよ」トミーもいいました。「学校へ行かないから、書くことをならえないんだ」

「書くことはできるわ」ピッピはいいかえしました。「文字なら、たくさん知ってるもの。パパの船にのっていたフリードルフから、本当にたくさんならったのよ。それに文字でたりないなら、数字も使えばいいのよ。そうよ、あたしだって、手紙くらい書ける！　でも、なにを書いたらいいか、わからないの。手紙って、どんなこと、書くの？」

「そうだなあ」トミーはこたえました。「はじめに、おばあちゃんに元気かどうかきいて、ぼくも元気だって書く。それから、天気のことなんか書くよ。きょうは、うちの地下室で大きなネズミをたたきのめしたことも書いたけど」

ピッピはなべをかきまわしながら、考えこみました。

「……手紙がひとつもこないなんて、あたしって、なんてかわいそうなの。ほかの子はみんな、手紙をもらえるのに。このままにしておくのは、よくないわ。あたしには手紙をくれるおばあちゃんもいないんだし。うん、だったら、自分で自分に書くしかない。すぐにはじめるわ」

ピッピはオーブンのとびらをあけると、中をのぞきこみました。

「あたしの記憶《きおく》が正しければ、ここにえんぴつをいれておいたはず……」

えんぴつは、ありました。ピッピはえんぴつをとると、大きな白い紙袋《かみぶくろ》をビリッとやぶき、それももって台所のテーブルにつきました。おでこに深いしわがよっています。真剣《しんけん》に考えているのです。

「じゃましないで。いま、あたし、考えてるの」ピッピはいいました。

トミーとアニカはそのあいだ、ニルソンさんとちょっと遊ぶことにしました。かわりばんこに、ニルソンさんのかわいい服をぬがしたり、着《き》せたりします。

アニカはニルソンさんを、ニルソンさんがいつも寝《ね》る、緑色の人形用のベッドに寝《ね》かしつけてみたりもしました。お医者《いしゃ》さんごっこをしたかったのです。アニカが看護師《かんごし》さん、トミーがお医者《いしゃ》さん、ニルソンさんが病気の子どもです。でも、ニルソンさんは何度《なんど》もベッドからぬけだそうとして、ついには天井《てんじょう》からつりさがっている電気にとびうつり、しっぽでぶらさがりました。

ピッピは書きかけの手紙から片目《かため》をあげて、いいました。

「ばかね、ニルソンさん。病気の子どもは、しっぽで電気にぶらさがったりしちゃいけないのよ。少なくとも、この国ではね。南アフリカでは、そうするらしいけど。子どもがちょっとでも熱《ねつ》をだしたら、できるだけ早く電気にぶらさげるの。そして熱《ねつ》がさがるまで、そうしておくのよ。でも、あたしたちは南アフリカにいるわけじゃないからね」

トミーとアニカはニルソンさんと遊ぶのはやめて、馬にブラシをかけに行きました。

ふたりが玄関《げんかん》まえのベランダにでていくと、馬はとてもよろこび、自分にくれる角砂糖《かくざとう》をもっているか見ようと、トミーとアニカの手に鼻をおしつけました。ふたりは角砂糖《かくざとう》をもっていなかったので、アニカが台所へ走っていって、何個《なんこ》かとってきました。

そのあいだも、ピッピは手紙を書きつづけ、ついに完成《かんせい》しました。

でも、封筒《ふうとう》がありません。そこでトミーが家へ走って帰って、ピッピのために封筒《ふうとう》をひとつ、とってきました。切手も一枚《まい》、あげました。

ピッピはていねいに、自分の名前を封筒《ふうとう》のおもてに書きました。

「ごたごた荘《そう》　ピッピロッタ・ナガクツシタ嬢《じょう》さま」

「中には、なんて書いてあるの？」アニカがきくと、ピッピはこたえました。

「わかるわけないでしょ。まだ、もらってないんだから」

ちょうどそのとき、ごたごた荘《そう》のまえを郵便屋《ゆうびんや》さんが通りかかりました。

「たまには運《うん》のいいこともあるものね。まさに必要《ひつよう》としているときに、郵便屋《ゆうびんや》さんに会えるなんて」ピッピはそういうと、おもての道へ走っていきました。

「この手紙を、すぐにピッピ・ナガクツシタにとどけてちょうだい。いそいでね」

手紙をわたされた郵便屋《ゆうびんや》さんは封筒《ふうとう》のあて名に目をやり、それからピッピを見ていいました。

「ピッピ・ナガクッツシタというのは、きみじゃないのかい？」

「ええ、そうよ。あたしがだれだと思ったの？　アビシニアの皇后陛下《こうごうへいか》だとでも？」

「まさか。でも、だったら、どうして？　自分でもってればいいじゃないか？」

「どうしてって？　自分でもってけばいいじゃないかって？　あんまりだわ！　近ごろじゃ、手紙は自分でもっていくものなの？　だったら、なんのために郵便屋《ゆうびんや》さんがいるのよ？　そういうことなら、郵便屋《ゆうびんや》さんなんて、全員まとめてスクラップにしちゃえばいいんだわ。こんなばかげた話、きいたことない！　ねえ、郵便屋《ゆうびんや》のお兄ちゃん、そんな仕事のやり方《かた》してると、ぜったい局長さんにはなれないわよ。まちがいないわ」

郵便屋《ゆうびんや》さんは、ピッピのいうとおりにしたほうがいいと思いました。そこで、ごたごた荘《そう》の郵便受《ゆうびんう》けに、ピッピの手紙をいれに行きました。

郵便受《ゆうびんう》けに手紙のおちる音がしないうちに、ピッピはだっと走っていって、それをとりだしました。

「わあ、なんだろう？　人生ではじめてきた手紙よ」ピッピはトミーとアニカにいいました。

三人はベランダの階段《かいだん》に腰《こし》をおろしました。

ピッピが封筒《ふうとう》をあけました。

トミーとアニカはピッピの肩《かた》ごしに、手紙を読みました。

「わーい！」ピッピは声をあげました。「トミー、あんたがおばあちゃんに書いた手紙とよく似《に》てる。だから、これ、ちゃんとした手紙よ。死ぬまで、ずっとだいじにとっておこうっと」

ピッピは手紙を封筒《ふうとう》にしまうと、居間《いま》にある大きな開閉式《ライティング・ビューロー》のつくえ

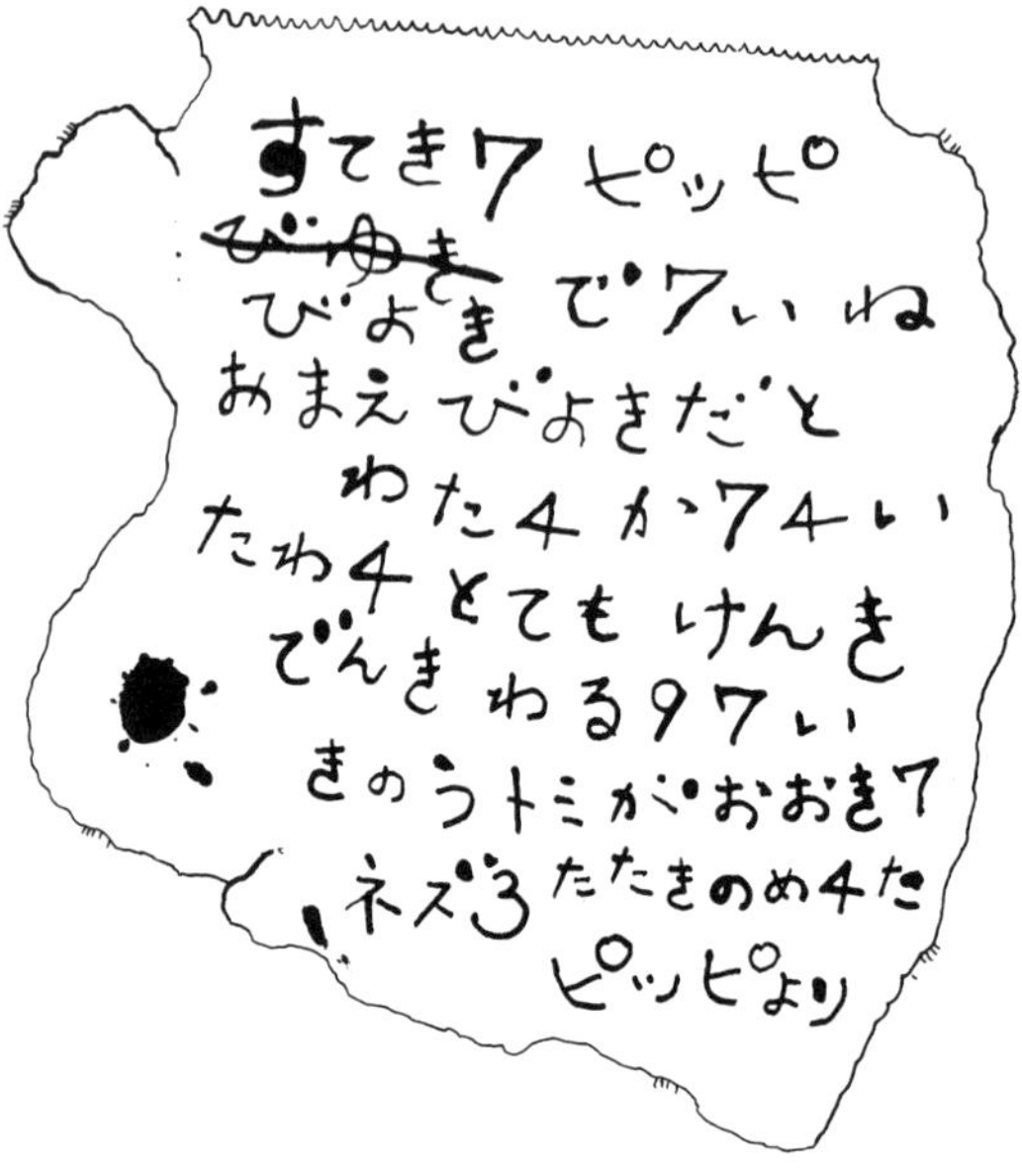
すてき7 ピッピ
びゅき
びおき で7いね
おまえ びおきだと
わた4 か74い
たわ4 とても けんき
でんき わる97い
きのう トミが おおき7
ネズ3 たたきのめ4た
ピッピより

の、小さなひきだしのひとつにいれました。

ピッピのつくえのひきだしには、いつもすてきなものがつまっています。ひきだしの中のものを見せてもらうのは、トミーとアニカにとって、いちばんといっていいくらい、とても楽しいことでした。ふたりへの小さなプレゼントがはいっていることも、よくありました。ひきだしの中がからになることは、けっしてなかったのです。

ピッピがひきだしをしめると、トミーがいいました。

「だけどさ、その手紙には、字のまちがいがたくさんあったよ」

「やっぱり、学校へ行ったほうがいいわよ。もう少しちゃんと書くことをならったほうがいいわ」アニカもいいました。

「ありがとう」ピッピはこたえました。「たしかに、このまえ学校へ行ったときは、たくさんのことをならったわ。あの日にならったことがまだ頭に残《のこ》ってて、ぐるぐるしちゃってるのよ」

「でも、もうすぐ遠足に行くのよ。あたしたち、クラス全員で」アニカがいいました。

「ああ！」ピッピは声をあげると、片方《かたほう》のおさげをかみました。「なんてこと！　学校へ行ってないというだけで、あたし、遠足に行けないなんて。学校へ行ってなくて、かかさんのコツをならってないというだけで、人をどんなひどい目にあわせてもいいと思ってるのね」

「かけ算の九九よ」アニカが念《ねん》をおすようにいいました。

「そうよ、かかさんのコツよ」

「ぼくたち、十キロも歩くんだ。森のずっとおくまで。それから、そこで遊ぶんだよ」

トミーがいいました。

「ああ、なんてこと!」ピッピは、また声をあげました。


つぎの日になりました。とてもあたたかい、天気のいい日です。この小さな町の学校へかよっている子どもたちは、教室にじっとすわっているのがもどかしくてなりません。先生はお日さまの光が教室にはいるようにと、窓《まど》をあけはなしました。窓《まど》のまえには、シラカバの木がありました。木のいちばん高い枝《えだ》には小さなムクドリがとまっていて、楽しそうにさえずっています。トミーとアニカとクラスの子どもたちは、その声にききいっていて、「九かける九は八十一」なんてことは、まったく気にしていませんでした。

そのとき突然《とつぜん》、トミーがびくっとしました。

「先生、見てください」トミーはさけぶと、窓《まど》の外を指さしました。「ピッピがいます」

子どもたちの目は、いっせいにおなじほうへむけられました。

本当にピッピがいました。シラカバの枝《えだ》に腰《こし》かけているのです。窓《まど》のすぐそばに。シラカバの枝《えだ》は、窓《まど》のところまでのびているのです。

「ヘーイ、先生！」ピッピは大きな声でいいました。「ヘーイ、みんな！」

「こんにちは、ピッピちゃん」先生もいいました。

まえに一度だけピッピは学校にきたことがあったので、先生もピッピのことをよく知っていました。そのときピッピと先生は、ピッピがもう少し大きくなって分別《ふんべつ》がついたら、また学校へきてもいいということで納得《なっとく》しあったのです。

「きょうは、なにかご用？　ピッピちゃん」先生は、窓《まど》の外のピッピにたずねました。

「うん、窓《まど》から少しばかりかかさんのコツをなげてほしいの」ピッピはこたえました。

「遠足についていけるくらいの量《りょう》でいいんだけど。それと新しい字を発見していたら、それもいっしょになげてくれない？」

「それより、ちょっと教室へはいってきたら？」先生はいいました。

「ううん、やめとく」ピッピはきっぱりことわると、枝《えだ》にゆったりともたれかかりました。「あたし、頭がぐるぐるしちゃうから。教室って知識《ちしき》がぎゅうぎゅうにつまっていて、ナイフですぱっと切れるくらいなんだもの。でも、ねえ、先生」ピッピは、なにかを期待《きたい》するようにつづけました。「知識《ちしき》が少しばかり窓《まど》からとんできて、あたしにくっつかないかな？　遠足についていってもいいくらい」

「そうなるかもしれないわね」先生はそういって、算数の授業《じゅぎょう》をつづけました。

子どもたちは、ピッピが窓《まど》の外の木にすわっているのは楽しいと思いました。ピッピが町へ買いものにでかけた日、みんな、お菓子《かし》やおもちゃを買ってもらっていましたから。

ピッピは学校へニルソンさんもつれてきていました。子どもたちは、ニルソンさんが枝《えだ》から枝《えだ》へとびうつるのを見ているのも楽しいと思いました。ニルソンさんは、ときどき窓《まど》のふちにもとんできました。そして、ついにはトミーの頭にとびのり、髪《かみ》をむしりはじめました。

するとと、先生はピッピにニルソンさんを呼《よ》びもどしてほしいといいました。トミーは、「三百十五わる七」を計算しないといけなかったからです。頭にサルをのっけていては、計算なんかできませんからね。

とはいえ、もう授業《じゅぎょう》どころではありませんでした。春の日ざしに、ムクドリに、ピッピに、ニルソンさんとくれば、子どもたちがおちついていられるわけがありません。

「みんな、おちつきがありませんよ」先生はいいました。

「ねえ、先生、わかってよ」木のところからピッピが口をだしました。「正直《しょうじき》いって、きょうみたいな日は、かかさんのコツにはむかないのよ」

「いま、やってるのは、わり算ですよ」

「きょうみたいな日は、かかさんも、わにさんも、さんはだめなの。お日さまサンサンのきょうみたいな日は、楽しいお遊びバンバンじゃなきゃ」

ここで、先生はあきらめました。

「じゃあ、ピッピ。そのお遊びバンバンとやらを、なにかやってみせてちょうだい」

「ううん、あたし、お遊びバンバンは、ぜんぜん得意《とくい》じゃないのよ」ピッピはそうこたえると、ひざで枝《えだ》にぶらさがりました。赤いおさげがゆれて、地面《じめん》をこすりそうになります。「でも、お遊びバンバンしかしない学校なら知ってるわ。時間割《じかんわり》に、『一日じゅうお遊びバンバン』って書いてあるの」

「まあ、そんな学校、どこにあるの？」先生がたずねました。

「オーストラリアよ。オーストラリアの駅のそばの町にあるの。南のほうのね」ピッピはこたえると、くるりとからだをおこして枝《えだ》にすわりなおしました。目がらんらんと、かがやきだしているのがわかります。

「その学校では、お遊びバンバンをするとき、どうやるのかしら？」先生はまた、ピッピにたずねました。

「いろいろよ。たいていは、まず窓《まど》からいっせいにとびおりるの。それから、ものすごい大声でさけんだりわめいたりして、また教室にどっと走りこむの。それから、つくえの上で、へとへとになるまで、はねつづけるのよ」

「担任《たんにん》の先生は、なにもいわないの？」先生はまたまた、ピッピにたずねました。

「先生？　先生も、はねるのよ。子どもたちよりも、はげしくね。そのあとは三十分間ぐらい、子どもたち同士《どうし》でとっくみあうの。先生はそばに立って、はやしたてる。そして雨の日には子どもはみんな服をぬいで、雨の中にとびだしていって、おどったりとびはねたりするの。先生がオルガンで行進曲《こうしんきょく》をひいてくれてね。それで、みんな、拍子《ひょうし》をとれるでしょ。なかにはシャワーをあびようと、雨《あま》どいの下にずっと立っている子もいるけどね」

「なるほどね」

「そうなの、なるほどなのよ」ピッピは話をつづけました。「本当にいい学校なの。オーストラリアでも、とびっきりいい学校のひとつなの。でも遠いの。ずっとずっと南のほうにあるの」

「よくわかったわ。とても楽しそうだけど、この学校でそうするわけにはいきませんよ」

先生はいいました。

「そりゃ残念《ざんねん》ね。つくえの上をはねまわるくらいなら、ちょっとやってみてもいいと思ったのに」

「はねまわるなら、遠足のときまで待ってちょうだい」先生がこういったとたん、ピッピは声をはりあげました。

「わあ！　あたし、遠足についていってもいいのね？」そして、あまりにうれしかったので、木の上からうしろむきに宙返《ちゅうがえ》りをして、地面《じめん》におりました。「あたし、すぐにオーストラリアの子どもたちに、手紙を書いて知らせてやるわ。どうぞ好《す》きなだけ、あたしのぶんも、お遊びバンバンしてなさいって。遠足についていくほうが、ずっと楽しいもの！」

4　ピッピが遠足に行きました

道に、たくさんの足音がひびいています。にぎやかなおしゃべりや笑《わら》い声《ごえ》も。リュックサックを背負《せお》ったトミーがいます。おろしたての木綿《もめん》のワンピースを着《き》たアニカも。それから、トミーとアニカの先生と、クラスの友だちもみんな。でもひとりだけ、のどがいたくて遠足にこられなかった、かわいそうな子がいましたけれど。

行列《ぎょうれつ》の先頭を行くのは、馬にのったピッピです。ピッピのうしろには、手鏡《てかがみ》をもったニルソンさんがすわっています。ニルソンさんは手鏡《てかがみ》で反射《はんしゃ》させた光がトミーの目にあたると、とても満足《まんぞく》そうな顔をしました。

アニカは、遠足の日はまちがいなく雨になるだろうと思っていました。そう思いこんでいたので、きげんが悪《わる》くなっていたくらいです。でも、たまには運《うん》にめぐまれることもあるのです。きょうという遠足の日も、朝からお日さまは明るくかがやいていました。アニカはうれしくて胸《むね》が高鳴《たかな》り、新しい木綿《もめん》のワンピースの中で心臓《しんぞう》がとびはねているように感じました。

ほかの子どもたちもみんな、にこにこと本当に楽しそうな顔をしています。道のわきには、ふわふわの白い芽《め》をたくさんつけたネコヤナギの木が立ちならんでいました。キバナノクリンザクラが一面《めん》に咲《さ》いている、原っぱのわきも通りすぎました。子どもたちはそれを見て、帰り道には、ネコヤナギの芽《め》を枝《えだ》ごととろう、キバナノクリンザクラで花束《はなたば》をつくろうと心にきめました。

「本当に、本当に、すてきな日ね」アニカはそういって大きく息をはくと、ピッピを見あげました。

ピッピはまるで将校《しょうこう》みたいに堂々《どうどう》と、背筋《せすじ》をぴんとのばして馬にのっています。

「うん、こんなに楽しいの、サンフランシスコでヘビー級のボクサーとたたかったとき以来《いらい》よ」ピッピはいいました。「アニカ、あんたもちょっと馬にのりたい?」

もちろん、アニカはのりたいと思いました。ピッピはアニカをひっぱりあげて、自分のまえにすわらせました。

すると、それを見たほかの子どもたちも馬にのりたがりました。

ピッピは、子どもたちを順番《じゅんばん》にのせることにしました。

トミーとアニカは、ほかの子たちより、ほんのちょっとだけ長くのせてもらえました。

くつずれができた女の子は、ピッピのすぐうしろにずっとのせてもらえました。ニルソンさんは目のまえでゆれる、その子のおさげをすきあらばひっぱろうとしました。

遠足の目的地《もくてきち》は、〈妖怪《ようかい》の森〉と呼《よ》ばれる森でした。森はこの世《よ》のものとは思えないほど美しく、妖怪《ようかい》が棲《す》んでいてもおかしくないので、そう呼《よ》ばれているのです。

その森にもうすぐ到着《とうちゃく》というとき、ピッピはサドルからぱっととびおり、馬をねぎらうように、ぽんぽんとやさしくたたきました。

「あたしたちをずっとのせてきて疲《つか》れたでしょ？　あんたにばかり苦労《くろう》はさせないわ」

ピッピはそういうと、力強い両《りょう》うでで馬をたかだかともちあげ、〈妖怪《ようかい》の森〉の中の小さなあき地まで運《はこ》んでいきました。そして先生がみんなに「とまれ」と号令《ごうれい》をかけたところで馬を地面《じめん》におろし、あたりを見まわしながら、さけびました。

「さあ、でてこい、妖怪《ようかい》たち！　だれがいちばん強いか見てあげる！」

すると、先生はいいました。

「森に妖怪《ようかい》なんていませんよ」

ピッピは、本当にがっかりしてしまいました。

「妖怪《ようかい》のいない〈妖怪《ようかい》の森〉だなんて、だれが考えついたのよ！　ということは、火のない火事とか、ツリーのないクリスマスツリーおかたづけパーティーとかだって、ありってことになるじゃないの。まったくケチくさいこと！　もしもだれかがお菓子《かし》のないお菓子《かし》屋《や》をはじめたりしたら、あたしが行って話をつけてやる。こうなったら、自分で妖怪《ようかい》になるしかないわ！」

突然《とつぜん》、ピッピはものすごいさけび声をあげました。

先生は思わず耳をおさえ、子どもたちはふるえあがりました。けれどもトミーはうれしそうに手をたたいて、いいました。

「うん、ピッピが妖怪《ようかい》という遊びをしよう！」

みんなも、すぐに賛成《さんせい》しました。

さっそく、妖怪《ようかい》は大きな岩の深いわれめの中にひそみました。そこが妖怪《ようかい》の棲《す》みかなのです。

子どもたちはわれめのまわりをとびはねながら、妖怪《ようかい》をからかいます。

「おばかな妖怪《ようかい》、やーい！」

からかわれた妖怪《ようかい》は大声をあげ、われめから姿《すがた》をあらわし、子どもたちをつかまえようとします。子どもたちは四方八方《しほうはっぽう》に散《ち》らばって隠《かく》れようとしますが、妖怪《ようかい》につかまった子はわれめの中につれていかれ、「ぐつぐつ煮《に》こんで晩飯《ばんめし》にしてやるぞ！」とおどされるのです。

なかには妖怪《ようかい》がべつの子をつかまえに外へでているすきに、われめの中から逃《に》げだせる子もいました。でも逃《に》げだすには、われめの急な岩壁《いわかべ》をよじのぼらなければなりません。それがとてもむずかしいのでした。手をかけられるのは小さなマツの木一本だけで、岩壁《いわかべ》のどこにどう足をかけるかは、よくよく考えないといけないのです。それはとてもスリルにとんでいて、子どもたちのだれもが、こんなに楽しい遊びははじめてだと思いました。

先生は緑の草の上に寝《ね》そべり、本を読みながら、ときどき子どもたちに目をやりました。

そして、「あんなにあらあらしい妖怪《ようかい》は見たことがないわ」と、ひとりごとをつぶやきました。

本当に、そのとおりでした。妖怪《ようかい》はとびはねたり、ほえたり、三、四人の男の子をいっぺんに肩《かた》にかつぎあげて、岩のわれめへ運《はこ》んでいったりしました。ときには高い木にすばやくよじのぼり、サルみたいに枝《えだ》から枝《えだ》へとびうつったり、自分の馬にいきおいよくとびのって、木と木のあいだを逃《に》げようとする子どもたちを追いまわしたりもしました。馬がかけ足で子どもたちに追いつくと、妖怪《ようかい》はサドルの上でぐいと前《まえ》かがみになって、わきを走る子どもをつかまえ自分のまえにのせ、「ぐつぐつ煮《に》こんで晩飯《ばんめし》にしてやるぞ！」とさけびながら、全速力《ぜんそくりょく》でわれめへもどっていくのです。

あまりに楽しすぎて、子どもたちは、もうやめられなくなっていました。

ところが、急に森の中がしずかになりました。トミーとアニカが心配になって走って見に行くと、妖怪《ようかい》は石の上にすわって、こまった顔をして、片方《かたほう》の手にのせたものをながめていました。

「死んじゃってるの。見て、完全《かんぜん》に死んじゃってる」妖怪《ようかい》はいいました。

それは小鳥のひなでした。木の上の巣《す》からおちて、地面《じめん》にぶつかり死んでしまったので

す。

「まあ、かわいそうに」アニカがつぶやくと、妖《よう》怪《かい》はこっくりとうなずきました。

「ピッピ、泣《な》いてるんだね」トミーがいきなり、いいました。

「泣《な》いてる？　あたしが？　泣《な》いてなんかいないわ」

「でも、目がまっ赤《か》だよ」

「目が赤い？」ピッピはそういうと、ニルソンさんの手鏡《てかがみ》を借《か》りて見てみました。「あんた、これを目が赤いっていうの？　だったら、パパとあたしといっしょにバタビアへ行ったらよかったのよ。あそこには、目の赤いおじさんがいて、おまわりさんに『道にでてきてはいけない』っていわれてたくらいなんだから」

「どうして？」トミーはききました。

「みんなが赤信号《あかしんごう》とまちがえるからよ。わかるでしょ。そのおじさんがでてくると、人も車もとまっちゃうの。目が赤い、あたしが？　まさか。こんな小さなみすぼらしいひなのせいで、あたしが泣《な》くわけないじゃない！」ピッピはいいきりました。

そのとき、「おばかな妖怪《ようかい》、やーい！」と声がして、あちらこちらから子どもたちがかけてきました。妖怪《ようかい》がどうしているのか、見にきたのです。

妖怪《ようかい》はその小さなみすぼらしいひなをやわらかなコケのベッドにそっと寝《ね》かせ、「あたしにできるなら、生きかえらせてやるんだけど」といって深いため息をつきました。それから突然《とつぜん》、ものすごいおたけびをあげました。

「ぐつぐつ煮《に》こんで晩飯《ばんめし》にしてやるぞ！」ふたたび妖怪《ようかい》があばれだすと、子どもたちはうれしそうにさけびながら、しげみの中へ消えていきました。

さて、トミーとアニカのクラスには、ウッラという女の子がいました。ウッラの家は、〈妖怪《ようかい》の森〉のすぐ近くにあります。ウッラのお母さんは遠足の日に、先生とクラスの子どもたちと、それからもちろんピッピもまねいて、庭でおやつをごちそうすると娘《むすめ》に約束《やくそく》していました。

ウッラが「そろそろうちへきて、ジュースをのむ時間よ」といいだしたのは、子どもたちが妖怪《ようかい》ごっこをさんざんやり、しばらくのあいだ山によじのぼって遊び、シラカバの木の皮でボートをつくって大きな水たまりにうかべたあと、だれが高い岩から勇気《ゆうき》をだしてとびおりることができるかをたしかめあったときでした。

本を一冊《さつ》、読みおえていた先生はすぐにウッラに賛成《さんせい》し、子どもたちを呼《よ》びあつめて、〈妖怪《ようかい》の森〉をあとにしました。

道にでると、重そうな袋《ふくろ》を山ほど積《つ》んだ荷車《にぐるま》が通りかかりました。荷車《にぐるま》をひいている馬はたいそう年をとっていて、見るからに疲《つか》れきっています。馬をあやつっているのは、ブロムステルルンドという名前の男です。

そのときガタンと大きな音がして、片方《かたほう》の車輪《しゃりん》が道のはしの溝《みぞ》におちました。とたんにブロムステルルンドはおこりだし、ムチをとりだすや馬の背中《せなか》をはげしくうちはじめました。車輪《しゃりん》が溝《みぞ》におちたのは、馬のせいだと思っているのです。

馬は力をふりしぼって荷車《にぐるま》をひっぱり、車輪《しゃりん》を溝《みぞ》からひきあげようとしますが、うまくいきません。ブロムステルルンドはますます腹《はら》をたて、さらにはげしくムチをいれました。

それを見た先生は馬があまりにもかわいそうになり、われをわすれてブロムステルルンドを問いただしました。

「どうして、そんなに動物をいたぶるのですか?」

するとブロムステルルンドはムチをうつ手をとめ、つばをペッとはいてから、「関係《かんけい》ないことに首をつっこむな。それ以上《いじょう》いうと、このムチで全員ひっぱたくぞ!」とどなりました。そして、もう一度つばをはき、ムチをにぎりなおしました。

馬は、かわいそうに、からだじゅうをぶるぶる、ふるわせています。

そのときでした。子どもたちのあいだから、稲妻《いなずま》のようにとびだしたものがありました。ピッピです。ピッピの鼻は、まっ白になっていました。鼻が白くなっているときはピッピがおこっているときだということを、トミーとアニカは知っていました。

ピッピはブロムステルルンドに突進《とっしん》すると、腰《こし》のあたりをつかんで空高くなげあげまし

た。ブロムステルルンドが空からおちてくると両手《りょうて》でうけとめ、もう一度なげあげました。それから四回、五回、六回と、ブロムステルルンドは空中遊泳《くうちゅうゆうえい》を楽しむはめになりましたが、自分ではなにがおきているのか、さっぱりわかりませんでした。

「おい、やめろ。助けてくれ！」ブロムステルルンドはおそろしくなって、さけびました。そして、しまいにドンという音とともに道におちました。ムチはとっくに手からはなれて、荷車《にぐるま》のそばにころがっています。

ピッピは両手《りょうて》を腰《こし》にあて、ブロムステルルンドのまえに立つと、ぴしゃりといいました。

「二度と馬をいじめるんじゃないわよ！　いい、わかった？　あたしはね、まえに南アフリカのケープタウンでも、やたらと馬をムチでうつ男に会ったことがあるの。その男ときたら、ずいぶんと上等《じょうとう》な制服《せいふく》を着《き》ていてね。あたしは、いってやったの。そんなに馬をムチでうつなら、あたしはあんたをひっかいてやるって。あんたのりっぱな制服《せいふく》が、糸一本残《のこ》らず、ぼろぼろになるまでね、って。ところが、その一週間後、男はまた馬をさんざんな目にあわせたのよ。あーあ、あのすてきな制服《せいふく》、本当におしいことをしたわ。そう思わない？」

ブロムステルルンドはうろたえたまま、道にへたりこんでいました。

「それで、この荷物《にもつ》、どこへもっていくつもり？」ピッピがきくと、ブロムステルルンドはびくびくしながら、少し先にある粗末《そまつ》な家を指さしました。

「おれんちさ」

すると、ピッピは馬を荷車《にぐるま》からはずしました。馬は疲《つか》れてきっているやら、ムチでうたれるのがこわいやらで、まだぶるぶるふるえています。

「どうどう、馬ちゃん。こんどは、あんたが楽《らく》をする番。見てなさい！」ピッピはそういうと、力強い両《りょう》うでで馬をもちあげ、馬小屋《うまごや》まで運《はこ》んでいきました。

運《はこ》ばれていく馬もブロムステルルンドとおなじように、びっくりぎょうてんしていました。

子どもたちと先生は、道でピッピを待っていました。

ブロムステルルンドは荷車《にぐるま》の横《よこ》に立って、頭をかいていています。馬がいなくなったいま、どうやって荷物《にもつ》を家まで運《はこ》べばいいのか、見当もつかないのです。

そこへピッピがもどってきました。ピッピは荷車《にぐるま》からずっしりと重い大きな袋《ふくろ》をひとつとると、ブロムステルルンドの背中《せなか》にのせました。

「さあてと。ムチをうつのとおなじくらい、荷物運《にもつはこ》びがうまいかどうか、見せてごらん」

それからムチをひろって、こうつづけました。「あんたはムチが好《す》きみたいだから、これで少しきたえてやるべきところだけど、このムチ、ちょっとこわれてるわ」

ピッピはムチをポキッと折《お》りました。

「あらあら、ちょっとどころか、すっかりこわれてる。残念《ざんねん》でした」

ピッピはさらにムチをポキポキ折《お》って、こまかくしてしまいました。

ブロムステルルンドは袋《ふくろ》を背負《せお》って、よろよろと歩きだしました。なにもいいません。ほんの少し、ゼイゼイあえいでいるだけです。

いっぽう、ピッピは荷車《にぐるま》のかじとり棒《ぼう》をつかむと、ブロムステルルンドの家までさっさとひっぱっていきました。そして荷車《にぐるま》を馬小屋《うまごや》のまえにおくと、よろよろとやってきたブロムステルルンドにいいました。

「お疲《つか》れさま。お代《だい》はいらないわ。あたし、やってあげたくて、やったんだもの。さっきの空中遊泳《くうちゅうゆうえい》だって、ただにしといてあげる」

しばらくのあいだ、ブロムステルルンドはつっ立ったまま、もときた道をひきかえしていくピッピの背中《せなか》を見つめていました。

ピッピがもどってくると、子どもたちは「ピッピ、バンザイ！」と歓声《かんせい》をあげました。

「実《じつ》に正しい行いでしたよ」先生もとても満足《まんぞく》して、ピッピをほめたたえました。「動物にはやさしくするものですからね。もちろん、人に対してもやさしく親切に」

「そうよ、あたし、ブロムステルルンドにだって、やさしく親切にしたわ。あんなに何《なん》度《ど》も空をとばしてあげて、まったくのただなんだもの！」自分の馬にまたがったピッピも、満足《まんぞく》そうにいいました。

「ええ、わたしたちは、そのために、この世《よ》に生まれてきたのです」先生は話をつづけました。「ほかの人に対して、やさしく親切にするために」

するとピッピは馬の背中《せなか》で逆立《さかだ》ちをして、足をばたつかせながら、ききました。

「へえ、じゃあ、その、ほかの人たちっていうのは、なにしにこの世《よ》に生まれてきたの？」

さて、ウッラの家の庭には、大きなテーブルにおやつの用意《ようい》がされていました。たくさんのシナモンロールやクッキーを見て、子どもたちの口からはよだれがたれそうになり、みんな、いそいでテーブルにつきました。

テーブルのいっぽうのはしの主客《しゅきゃく》の席《せき》には、ピッピがすわりました。すわったとたんにピッピはシナモンロールに手をのばし、二個《こ》いっぺんに口にいれました。両方《りょうほう》のほっぺたがゴムボールみたいにふくらんで、教会にある天使の像《ぞう》そっくりになっています。

「あのね、ピッピちゃん」先生は、さとすように話しかけました。「『どうぞ、めしあがれ』といわれてから、手をつけるものですよ。それがマナーです」

「あっしのことは、ほっちょいて……」ピッピはシナモンロールをつめこんだ口で、声をしぼりだしました。「あっしは、マニャーにゃ、うるさかにゃい……」

そのとき、ウッラのお母さんがピッピのところへやってきました。片手《かたて》にジュースのはいったピッチャーを、もういっぽうの手にはココアのはいったポットをもっています。

「ジュースとココア、どちら？」お母さんはピッピにききました。

「ズ・ー・ス・と・コ・ゴ・ア、どっちゃも。こっちゃにズ・ー・ス、こっちゃにコ・ゴ・ア」ピッピはシナ

モンロールでふくらんだ左右のほっぺたを指さしながらこたえました。そして、お母さんの手からジュースのピッチャーとココアのポットをとりあげると、それぞれから直接《ちょくせつ》、ごっくん、ごっくんと大きくひと口ずつのみました。

びっくりしているウッラのお母さんに、先生が説明《せつめい》するようにささやきました。

「この子は、ずっと海の上で暮《く》らしてきましたの」

「わかりますわ」お母さんはうなずいて、ピッピのおぎょうぎの悪《わる》さを気にしないことにしました。そして、「これは、いかがかしら、ジンジャークッキー？」といって、お皿にのったクッキーをピッピにすすめました。

「たしかに、ジンジャークッキーのようね」ピッピはそういうと、ひとりでおかしがってクッと笑《わら》いました。「なるほど、ちょっと形が失敗《しっぱい》しちゃったのね。でも、味はいいことをねがうわ」

ピッピはジンジャークッキーをがばっとつかみ、それからテーブルの少しはなれたところにあるピンクのきれいな焼《や》き菓子《がし》に目をやると、ニルソンさんのしっぽをひっぱりました。

「ねえ、ニルソンさん。ちょっと、あのピンクのをとってきてよ。二、三個《こ》たのむわ」

ニルソンさんは、すぐにテーブルの上をとんでいきました。そのせいでジュースのつがれたコップがゆれ、テーブルのあちこちではねがあがりました。

しばらくして、ピッピはウッラのお母さんにお礼《れい》をいいに行きました。

「おなかがいっぱいになっているといいのだけど」ウッラのお母さんはいいました。

「ううん、おなかはいっぱいにはなってないけど、のどはかわいてるわ」ピッピはそういって、耳をかきました。

「そうね、うちにはあまりたくさん、ごちそうするものがなかったわね」

「ううん、少しはあったわよ」ピッピは、にこにこしながらいいました。

それを見ていた先生は、いまこそピッピに少しはぎょうぎ作法《さほう》をおしえなくてはいけないと思い、やさしい声で話しかけました。

「ねえ、ピッピちゃん。大きくなったら、ちゃんとした、りっぱなレディになりたいでしょ？」

「そのレディっていうのは、帽子《ぼうし》についたベールで顔をおおっていて、あごが三重《じゅう》になってる人のこと?」

「わたしがいうのは、いつもおぎょうぎがよく、きちんとていねいにふるまえる女性《じょせい》のことですよ。そういう〈真《しん》にすてきな女性《じょせい》〉になりたいでしょ?」

「それは考えてみなくちゃね。でも、ねえ、先生。あたし、もうきめてるの。大きくなったら、海賊《かいぞく》になるって」ピッピはそこで少し考えてから、またロをひらきました。「ねえ、先生。海賊《かいぞく》と〈真《しん》にすてきな女性《じょせい》〉と、両方《りょうほう》いっぺんになれると思わない? だとしたら……」

「いっぺんには、なれませんよ」先生にはっきりといわれて、ピッピはこまったようにつぶやきました。

「おやまあ。じゃあ、どっちにしたらいいんだろう?」

するど、先生はいいました。

「あなたがどういう人生をえらぼうと、少しはおぎょうぎというものを身《み》につけておいて損《そん》はありませんよ。あなたがさっきテーブルでしたようなことは、ぜったいにしてはいけないの」

「おぎょうぎよくするというのは、本当にむずかしいのね」ピッピは、ため息をつきました。「じゃあ、いちばんだいじな規則《きそく》をおしえてくれない？」

そこで先生はできるだけわかりやすく、ピッピに話してきかせました。

――「どうぞ、めしあがれ」といわれるまでは、だされたものに手をつけてはいけません。クッキーは一枚《まい》しかとってはいけません。食べものをナイフでさして食べてはいけません。人と話をしているときに、からだをかいてはいけません。ほかにも、あれはいけません、これもいけません――

先生の話を興味《きょうみ》ぶかげにきいていたピッピは、うんうんとうなずくと、しまいにこういいました。

「あたし、毎朝、一時間早くおきて練習《れんしゅう》するわ。海賊《かいぞく》にならないときめたときに、うまくやれるように」

ところで、先生とピッピから少しはなれた草の上に、アニカがすわっていました。アニカは考えごとをしていて、知らぬまに鼻をほじっていました。

「アニカ！」ピッピは突然《とつぜん》、大きな声をあげると、ぴしゃりといいました。「なにやってるの？〈真《しん》にすてきな女性《じょせい》〉は、ひとりのときに鼻をほじるものよ！」

そのとき、先生がいいました。

「さあ、そろそろ出発の時間ですよ。おうちへ帰りましょう」

子どもたちは、すぐに整列《せいれつ》しました。でもピッピだけは、なにかの音に耳をすましているのか、顔をこわばらせて草の上にすわっていました。

「ピッピちゃん、どうかしたの？」先生が声をかけました。

「あんた、じゃなくて、先生。〈真《しん》にすてきな女性《じょせい》〉は、おなかが鳴ってもゆるされるもの？」ピッピはききかえしました。そしてそれからも顔をこわばらせたまま草の上にすわりつづけ、ついにはこういいました。「おなかが鳴っちゃいけないのなら、あたし、いますぐ海賊《かいぞく》になるときめたほうがよさそうね」

5　ピッピがお祭《まつ》りへ行きました

小さな小さな町で、今年もお祭《まつ》りがひらかれることになりました。この町では、年に一度、きまって大きなお祭《まつ》りがひらかれるのです。お祭《まつ》りの日が近づくと、町の子どもたちはみんな、そわそわして、どんな楽しいことがおきるかと期待《きたい》で胸《むね》をふくらませました。

たしかにお祭《まつ》りの日は、いつもと町のようすがちがいました。いたるところに人があふれ、たくさんの国旗《こっき》がはためき、広場には屋台《やたい》がずらりとならびます。そして屋台《やたい》では、とてもいいものが買えるのです。町の中は本当ににぎやかで、生き生きとしていて、通りを歩くだけで、とてもわくわくするのでした。

なかでも、いちばん楽しいのは、町の古い門のそばにつくられる移動遊園地《いどうゆうえんち》でした。そこにはメリーゴーランド、射的場《しゃてきじょう》、芝居小屋《しばいごや》などの、さまざまなアトラクションにくわえ、動物小屋《どうぶつごや》もつくられるのです。動物小屋《どうぶつごや》にはトラや大蛇《だいじゃ》やサルやアシカといった野《や》生《せい》動物がいて、外に立つだけで、きいたこともないような、うなり声やほえ声を耳にすることができました。もちろん、お金があれば中にはいって、こうしためずらしい動物たちを見ることもできるのです。

そんなわけですから、お祭《まつ》りの朝、服を着《き》がえたアニカの頭のリボンが興奮《こうふん》のあまり、ふるえていたとしても、ちっともふしぎではありません。あるいはトミーがあわてるあまり、朝食のとき、チーズをのせたオープンサンドをまるごとのみこんでしまったとしても、当然《とうぜん》といえば当然《とうぜん》でしょう。

ふたりのお母さんは、「いっしょにお祭《まつ》りへ行かない？」と子どもたちをさそいました。けれどもトミーとアニカはもじもじしながら、「できたらピッピといっしょに行きたい」とこたえました。お母さんも、ふたりがピッピとでかけることに反対《はんたい》ではありませんでした。

「だって、そうだよね」ごたごた荘《そう》の門をぬけて庭へかけていきながら、トミーはアニカにいいました。「ピッピといっしょなら、おもしろいことがたくさんおきるはずだよ」

アニカもそう思いました。

ピッピはすっかりしたくをすませ、台所のまん中に立って、トミーとアニカを待っていました。このまえ買いものにでかけるときにさがした帽子《ぼうし》も、見つけていました。風車小屋《ふうしゃごや》の風車《ふうしゃ》のように大きな帽子《ぼうし》は、薪小屋《まきごや》にあったのです。

「まえの日に、帽子《ぼうし》に薪《まき》をいれて運《はこ》んだのを、すっかりわすれてたのよ」ピッピは、やってきたトミーとアニカにそういうと、目が隠《かく》れるほど深く帽子《ぼうし》をかぶりました。「どう？ あたしって、すてきじゃない？」

たしかに、ピッピはすてきでした。

ピッピは炭《すみ》で眉毛《まゆげ》を黒くかき、唇《くちびる》と爪《つめ》に赤いクレヨンをぬっていました。しかも足首まである、とてもおしゃれなダンスパーティー用のドレスを着《き》ていて、大きくあいた背中《せなか》からは赤いキャミソールが見えています。ドレスのすそからのぞく黒い大きなくつも、いつにもましてすてきでした。あらたまったときに使う緑色のリボンがむすばれていたからです。

「お祭《まつ》りへでかけるときは、〈真《しん》にすてきな女性《じょせい》〉らしいかっこうをすべきだと思うの

よ」ピッピはそういって、しゃなりしゃなりと道を歩いていきました。大きすぎるくつをはいているにしては、ずいぶんとエレガントな歩き方《かた》です。そしてドレスのすそをつまみあげ、いつもとはちがった声で、ひとつひとつの音を区切りながら、いいました。

「み・りょ・く・て・き！　み・りょ・く・て・き！」

「魅力的《みりょくてき》って、なにが？」トミーがききました。

「あたしがよ」ピッピは、得意《とくい》そうにこたえました。

たしかに町の中心へきてみると、トミー

とアニカには、すべてが魅力的《みりょくてき》に思えました。通りに人があふれているのも、広場の屋台《やたい》をつぎつぎとまわるのも、屋台《やたい》にならべられたありとあらゆる品物《しなもの》を見るのも。

ピッピは、お祭《まつ》りの日のプレゼントにとアニカに赤い絹《きぬ》のスカーフを買いました。トミーは、つばのある制帽《せいぼう》を買ってもらいました。まえからほしかったのに、お母さんがいやがって買ってくれなかったのです。

べつの屋台《やたい》では、ピッピはトミーとアニカにそれぞれ、ガラス製《せい》のハンドベルを買いました。ハンドベルはボンボン入れになっていて、中にピンクと白の砂糖菓子《さとうがし》がつまっています。

「ああ、ピッピ。あなたって、本当にすてき！」アニカはそういうと、もらったばかりのプレゼントをだきしめました。

「ええ、あたしって、本当に魅力的《みりょくてき》！」ピッピはそういってドレスのすそをまた、つまみあげました。

さて、人の流《なが》れは町の古い門のほうへつづいていました。ピッピとトミーとアニカも、それについていきました。

「わあ、にぎやかだね」トミーは興奮《こうふん》して、いいました。

手まわしオルガンの音がきこえ、メリーゴーランドがまわり、人々の歓声《かんせい》や笑《わら》い声《ごえ》がひびいています。ダーツをしたり、お皿わりをしたりするスタンドも大盛況《だいせいきょう》です。射的場《しゃてきじょう》では、だれもが自分のうでまえを見せようと、人だかりができていました。

「これは、そばで見てみたいわ」ピッピはそういうと、トミーとアニカをべつのすいている射的場《しゃてきじょう》へひっぱっていきました。

お客は、だれもいませんでした。お客に銃《じゅう》をわたしたり、お金をうけとったりする女の人は、とてもきげんが悪《わる》そうです。子どもが三人きたところで、たいしたお客にはなりません。女の人は、ピッピたちに目もくれませんでした。

ピッピは、おもしろそうに的《まと》をながめました。

的《まと》というのは、青いコート姿《すがた》のおじさんの紙人形です。まんまるい顔のまん中に、まっ赤《か》な鼻がついています。銃《じゅう》でねらうのは、この鼻です。たとえ鼻をはずしたとしても、弾《たま》は少なくとも鼻の近く、つまり、おじさんの顔にあてなければなりません。顔にあたらなければ、はずれです。

ピッピたちがその場をうごこうとしないので、女の人はしだいにいらいらしてきました。女の人は、お金をはらって射的《しゃてき》をする人にきてほしいのです。

「いつまで、そこに、ぼうっとつっ立ってるのさ」女の人は、おこった声でいいました。

「ぼうっとつっ立ってなんかないわ」ピッピは真顔《まがお》でこたえました。「あたしたち、大広場にすわって、クルミをわってるところよ」

「いったい、なにを見てるんだよ」女の人は、さらにおこった声でいいました。「だれかが射的《しゃてき》をしにくるのを待ってるのかい？」

「ちがうわ。おばさんが宙返《ちゅうがえ》りするのを待ってるのよ」

そのとき、ようやくひとりの客がやってきました。りっぱな紳士《しんし》です。おなかに懐中時計《かいちゅうどけい》の金のくさりが見えています。紳士《しんし》は銃《じゅう》を手にとり、重さをはかりました。

「どれ、ひと箱、撃《う》ってみるか。射撃《しゃげき》がどんなものか、見せてやろう」紳士《しんし》はそういうと、見物人《けんぶつにん》がいるかどうか、あたりを見まわしました。いたのは、ピッピとトミーとアニカだけです。

「そこの子たち、見てなさい。射撃《しゃげき》のうでがひと目でわかる。こうするのだ！」紳士《しんし》はそういって、銃《じゅう》を顔の高さにかまえました。

バン！　一発目は、はずれました。

バン！　二発目、またはずれました。

バン！　バン！　三発目と四発目もはずれです。

バン！　五発目はかろうじて、あごの下ぎりぎりのところにあたりました。

「この銃《じゅう》が、よくないんだ」紳士《しんし》はいまいましそうにいうと、銃《じゅう》をなげすてました。

ピッピはその銃《じゅう》をとり、弾《たま》をこめました。

「あら、おじさん、じょうずだったわよ。いつか、おじさんにおそわったとおりに、あたしも撃《う》ってみるわ。こんなふうにじゃなくてね！」

パン、パン、パン、パン、パン！　弾《たま》は五発とも、すべて人形の鼻に命中《めいちゅう》しました。ピッピは金貨《きんか》を一枚《まい》、女の人にわたすと、さっさと射的場《しゃてきじょう》をあとにしました。

メリーゴーランドは、とりわけすばらしいものでした。トミーとアニカは見たとたんに感動《かんどう》して、息もとまりそうになりました。

木馬の色は、黒、白、茶色です。それぞれにちゃんとたてがみがあって、本物《ほんもの》の馬と見まちがえるほどです。サドルや手綱《たづな》もついていて、どの馬にのるかはえらべるのです。ピッピがきっぷ売り場で金貨《きんか》を一枚《まい》さしだすと、大きな財布《さいふ》におさまりきれないくらいのきっぷが手わたされました。

「もう一枚《まい》、金貨《きんか》をだしたら、このぐるぐるまわるやつを、そっくりもらえたかもね」ピッピは、待っていたトミーとアニカにいいました。

トミーは黒い馬に、アニカは白い馬にのることにしました。

ピッピはニルソンさんを、いかにも大あばれしそうな黒い馬にのせました。ニルソンさんはノミがいないかと、すぐに木馬のたてがみをいじりはじめました。

「ニルソンさんもメリーゴーランドにのるの?」アニカがびっくりして、ききました。

「そうよ」ピッピはいいました。「まえもって知ってたら、あたしの馬もつれてきたのにね。馬だって、少しはお楽しみが必要《ひつよう》よ。それに馬が馬にのってぐるぐるまわっていたら、それこそ見もの、正真正銘《しょうしんしょうめい》の回転ウマウマだったわよ」

ピッピが茶色い馬のサドルにぱっとまたがると、すぐにメリーゴーランドはうごきだしました。手まわしオルガンが、『楽しい思い出いっぱいの子どものころをおぼえているかい？』という曲をかなでます。

トミーとアニカは、メリーゴーランドはなんて楽しいんだろうと思いました。ピッピも楽しんでいるようでした。ピッピは両足《りょうあし》をぴんとのばして、馬の背中《せなか》で逆立《さかだ》ちをしていました。ドレスがピッピの首のところまでおちてきています。

近くにいた人たちに見えるのは、赤いキャミソールと、緑のズボンと、茶色と黒のくつ下をはいたピッピの細長い足と、大きな黒いくつでした。くつはふざけるように、前後にぴょこぴょこゆれていました。

最初《さいしょ》の回がおわると、ピッピはいいました。

「〈真《しん》にすてきな女性《じょせい》〉がメリーゴーランドにのるときは、ああいうかっこうをするものよ」

そして、それからまる一時間、ピッピたちはメリーゴーランドにのりつづけました。しまいにピッピは目が変《へん》になってしまい、メリーゴーランドが三つ見えるといいだしました。

「三つのうちのどれにのるか、きめられないわ。もう、ほかのところへ行こう」ピッピはいいました。

メリーゴーランドのきっぷは、まだたくさんあまっていたので、ピッピはまわりにいた子どもたちにあげました。その子たちはお金をもっていなかったので、メリーゴーランドにのれずにいたのです。

近くのテントの外では、男の人がさけんでいました。

「さあさあ、あと五分で、つぎのだしものがはじまりますぞ！　一回こっきりの名芝居《めいしばい》、題《だい》して『アウロラ伯爵夫人殺害事件《はくしゃくふじんさつがいじけん》』、または『しげみに隠《かく》れているのはだれか？』」

「しげみにだれかが隠《かく》れているなら、あたしたちがしらべなくちゃ。いますぐに」ピッピはそういうと、入場券《にゅうじょうけん》を売っている窓口《まどぐち》へむかいました。

「ぜったいに片目《かため》で見ると約束《やくそく》するから、半額《はんがく》にしてくれない？」ピッピは急に倹約《けんやく》する気になって、窓口《まどぐち》の女の人にいいました。

けれども、女の人は無視《むし》をきめこみました。

ピッピとトミーとアニカはふつうに入場券《にゅうじょうけん》を買ってテントの中へはいり、幕《まく》のすぐそばに席《せき》をとりました。ピッピは文句《もんく》をいいました。

「しげみなんか見えないし、しげみに隠《かく》れている人も見えない」

「まだ、はじまってないんだよ」トミーがささやきました。

そのとき幕《まく》があがり、アウロラ伯爵夫人《はくしゃくふじん》がよろめくように舞台《ぶたい》にでてきました。夫人《ふじん》は両手《りょうて》をもみしだき、いかにも心配ごとがありそうなようすです。

ピッピはじっと見いっていましたが、しばらくするとトミーとアニカに話しかけました。

「あの人、とてもつらそうね。それとも、安全ピンがどこかにささっていて、チクチクいたいのかな」

いいえ、アウロラ伯爵夫人《はくしゃくふじん》はチクチクいたいのではなく、心の底《そこ》からなげき悲《かな》しんでいるのでした。天井《てんじょう》を見あげると、伯爵夫人《はくしゃくふじん》は苦しそうな声でいいました。

「……わたくしほど、不幸《ふこう》な人間がいるでしょうか？　子どもたちはつれさられ、夫《おっと》は行方《ゆくえ》知れず。そして、このわたくしは……、このわたくしは、命《いのち》をねらう悪人《あくにん》どもにかこまれているのです」

「まあ、それはたいへん！」ピッピは目を赤くして、さけびました。

「わたくしなど、とっくに死んだほうがよかったのです」アウロラ伯爵夫人《はくしゃくふじん》がつづけると、ピッピはわっと泣《な》きだしました。

「そんなこと、いわないで……。いまにきっとよくなるわ。子どもたちは帰ってくるし、新しい男も見つかる。世《よ》の中《なか》に男なんて、た――くさん、いるんだから」ピッピは泣《な》きながら、しゃっくりをくりかえしました。

そのとき、芝居《しばい》の座長《ざちょう》さんがピッピのところへやってきました。さっき、テントの外で呼《よ》びこみをしていた男の人です。座長《ざちょう》さんはピッピに、「つまみだされたくなかったら、しずかにしろ」といいました。

「やってみるわ」ピッピはそういって、目をこすりました。

本当に、はらはらドキドキする芝居《しばい》でした。

トミーは見ているあいだずっと緊張《きんちょう》しっぱなしで、制帽《せいぼう》をねじったり、うらがえしたりしていました。アニカは両手《りょうて》を胸《むね》のまえで、ぴたりとあわせていました。ピッピの目は涙《なみだ》できらきらと光り、一瞬《いっしゅん》たりともアウロラ伯爵夫人《はくしゃくふじん》からはなれませんでした。

芝居《しばい》が進むにつれ、伯爵夫人《はくしゃくふじん》のようすは、ますますあわれになっていきました。伯爵夫人《はくしゃくふじん》は悪《わる》いことがおきるとはつゆ知らず、お城《しろ》の庭を歩いていました。

突然《とつぜん》、さけび声がきこえました。ピッピの声でした。ピッピは見たのです。木のかげに立っているあやしげな男を。

アウロラ伯爵夫人《はくしゃくふじん》もなにかガサガサという音をききつけ、おびえた声でいいました。

「しげみに隠《かく》れているのは、だれなの？」

「あたし、知ってる！」ピッピは無我夢中《むがむちゅう》でさけびました。「あの気味《きみ》の悪《わる》い、あやしげな男よ。黒い口ひげをはやしてる。あんた、早く薪小屋《まきごや》にとびこんで、かぎをかけちゃいなさい！」

するとと座長《ざちょう》さんがまたピッピのところへきて、「すぐにでていけ！」といいました。

ピッピも、いいかえしました。

「伯爵夫人《はくしゃくふじん》を、あんな悪者《わるもの》といっしょにしておけっていうの？　あたしを見そこなわないで！」

そのあいだも、舞台《ぶたい》の上では芝居《しばい》がつづいていました。

突然《とつぜん》、気味《きみ》の悪《わる》い男がしげみからとびだし、アウロラ伯爵夫人《はくしゃくふじん》におそいかかりました。

「ヒヒッ、これで、おまえも一巻《いっかん》のおわりだ」男は歯のあいだから、いやらしい声をしぼりだしました。そのときでした。

「そうは問屋《とんや》がおろさないわよ」ピッピはいうが早いか舞台《ぶたい》にとびのり、悪者《わるもの》の腰《こし》をつかまえ、観客席《かんきゃくせき》にほうりなげたのです。

ピッピは、まだ泣《な》いていました。

「どうしてよ？　どうして伯爵夫人《はくしゃくふじん》にそんなことをするのよ？　なにかうらみでもあるの？　この人の子どもとだんなさんは、いなくなっちゃったのよ。本当に、本当に、ひとりぼっちなんだから！」

それからピッピは、なかば気をうしなったかのように庭のベンチにすわりこんでいる伯《はく》爵夫人《しゃくふじん》のそばへ行き、なぐさめるようにいいました。

「もしよかったら、ごたごた荘《そう》へきて、いっしょに暮《く》らしてもいいのよ」

さらにピッピは大声をあげてわんわん泣《な》きながら、芝居《しばい》のテントをよろよろとでていきました。すぐあとにトミーとアニカがつづきます。そして座長《ざちょう》さんも。

座長《ざちょう》さんはピッピのうしろで、こぶしをぎゅっとにぎっていました。けれども観客席《かんきゃくせき》のお客は拍手《はくしゅ》をし、とてもおもしろい芝居《しばい》だったと口々《くちぐち》にいいました。

外へでるとピッピはドレスで鼻をかみ、いいました。

「ねえ、もっと元気がでることをしない？　いまのは悲《かな》しすぎたから」

「じゃあ、動物小屋《どうぶつごや》へ行こう。まだ行ってないよ」トミーがいいました。

こうして、ピッピたちは動物小屋《どうぶつごや》へ歩いていきました。とちゅうでサンドイッチを売っている屋台《やたい》により、ピッピはひとりひとりにサンドイッチを六個《こ》と、サイダーを一本ずつ買いました。

「泣《な》いたあとって、いつもおなかがぺこぺこになるの」ピッピはいいました。

動物小屋《どうぶつごや》には、見るものがたくさんありました。おりの中には、ゾウが一頭とトラが二頭、ほかにもボールをなげっこするアシカの集団《しゅうだん》に、サルの群《む》れ、ハイエナ一頭に、大蛇《だいじゃ》二匹《ひき》がいました。

ピッピはすぐにニルソンさんをサルのおりのまえに近づけて、親類《しんるい》にあいさつできるようにしてあげました。おりの中には、年をとった元気のないチンパンジーがすわっていました。

「さあ、ニルソンさん。ちゃんとあいさつしなさい！　あれは、ニルソンさんの父方《ちちかた》のおじいさんのいとこの母方《ははかた》のおばさんの父方《ちちかた》のおばさんのいとこの小さな孫《まご》だと思うわ！」ピッピはいいました。

ニルソンさんは麦《むぎ》わら帽子《ぼうし》をもちあげて、できるだけていねいにあいさつしました。けれども、チンパンジーはあいさつをかえしてはくれませんでした。

二匹《ひき》の大蛇《だいじゃ》は、ひとつの大きな箱にはいっていました。一時間に一度、美しいヘビつかいのフロイライン・パウラがステージに立ち、箱の中から二匹《ひき》をとりだして見せてくれるのです。

ピッピたちはついていました。ちょうどいま、その時間がはじまろうとしていたからです。アニカはヘビがこわくて、ピッピのうでをぎゅっとつかんでいましたけれど。

フロイライン・パウラはステージに立つと、さっそく箱の中から気味《きみ》の悪《わる》い大蛇《だいじゃ》の一匹《ぴき》をつかみあげ、えりまき《ボア》のように首にまきつけました。

「あれは、ボアみたいね」ピッピは、トミーとアニカにささやきました。「もう一匹《ぴき》は、なんていう種類《しゅるい》かな？」

ピッピは箱に近づくと、もう一匹《ぴき》のヘビをもちあげました。こっちのほうがもっと大きくて、さらに気味《きみ》が悪《わる》いです。フロイライン・パウラがしたようにピッピがヘビを首にまきつけてみせると、動物小屋《どうぶつごや》にいた人たちは、おそろしさのあまり、悲鳴《ひめい》をあげました。フロイライン・パウラは自分のヘビを箱になげいれ、ピッピを助けようとかけつけました。赤毛の女の子がヘビに殺《ころ》されてしまうと思ったのです。

ピッピの首のヘビはまわりのさわぎにおどろき、きげんを悪《わる》くしました。どうして自分が、いつものようにフロイライン・パウラではなく、こんな小さな赤毛の女の子の首にぶらさげられているのか、さっぱりわかりません。ヘビはこの赤毛の女の子に思い知らせてやろうと決心し、まきつけたからだをギリギリとしぼりました。雄牛《おうし》ですら窒息《ちっそく》してしまうほどのしめ方《かた》です。

けれどもピッピは、「あたしに、そんな古い手を使ってもだめよ。あたしは、おまえなんかよりずっと大きなヘビをいくつも見たことがあるんだから。インドシナでね」といってヘビを首からはずすと、箱にしまいました。

トミーとアニカはまっ青《さお》になって、立っていました。

「もう一匹《ぴき》もボアだったわ。あたしの思ったとおり！」ピッピはふたりのところへもどってくると、はずれていたくつ下どめをパチンととめながらいいました。

しばらくのあいだ、フロイライン・パウラは外国語のようなことばでぶつくさいっていましたが、動物小屋《どうぶつごや》にいた人たちはほっとして、それぞれに大きなため息をつきました。でも、ため息をつくには早すぎました。この日は明らかに、いろいろなことがおこる日だったからです。

どうしてそういうことになったのか、だれにもわかりません。少しまえにトラたちは大きな赤い肉のかたまりをもらったのです。飼育係《しいくがかり》はあとになって、ドアをきちんとしめたと証言《しょうげん》しています。

でもまもなくして、さけび声がきこえました。

「トラが逃《に》げたぞ！」

そのとおりでした。動物小屋《どうぶつごや》の外に、からだに黄色いしまのある、大きな獣《けもの》がうずくまっていました。うずくまってはいるものの、獣《けもの》はいまにもとびかかってきそうな気配《けはい》です。人々はあわてて四方八方《しほうはっぽう》へ逃《に》げだしましたが、小さな女の子がひとり、トラのすぐそばの壁《かべ》ぎわからうごけなくなっていました。

「じっとしてるんだよ」おとなたちは、女の子に声をかけました。じっとしていれば、トラが女の子を見逃《みのが》してくれるのではと思ったのです。そして、そうはいいながらも、「どうしたものか？」と、だれもが心配そうに手をもみしだきました。

「おまわりさんを呼《よ》んでこい」だれかがいいました。

「消防《しょうぼう》に知らせろ」べつのだれかがいいました。

「ピッピ・ナガクツシタをここへ！」またべつのだれかがいいました。ピッピでした。

ピッピは自分でそういって、まえに進みでると、うずくまっている獣《けもの》から二、三メートルのところにしゃがみこみ、やさしく話しかけました。

「ネコちゃん、おいで、おいで！」

するとトラはあらあらしいうなり声をあげ、するどい牙《きば》をむきだしました。

「おまえがあたしをかんだら、あたしもおまえをかむからね。わかった？」ピッピは人さし指を立てて注意しましたが、トラはいうことをききませんでした。

「まったく冗談《じょうだん》もわからないの？」ピッピはそういうなり、とびかかってきたトラをなげとばしました。

それでもトラはこりもせず、まわりの人たちがちぢみあがるほどのおそろしい声をあげ、

すぐにまたピッピにとびかかりました。こんどこそ、のどをかみ切ってやるぞ、とトラが思っていたのはまちがいありません。

「好《す》きにしなさい。でも先に手をだしたのは、そっちだからね」ピッピは片手《かたて》でトラのあごをおさえつけると、やさしく胸《むね》にだきかかえ、小声で鼻歌《はなうた》をうたいながら、動物小屋《どうぶつごや》の中のおりへ運《はこ》んでいきました。

ねえ　みんな、見たことある？
あたしのかわいい、かわいい、ネコちゃんを

人々はほっと胸《むね》をなでおろし、この日、二回目の大きなため息をつきました。壁《かべ》ぎわにしゃがみこんでいた女の子はお母さんのところへかけていき、「もう二

度と動物小屋《どうぶつごや》になんか行かない」といいました。

ピッピはもどってくると、トラにかみ切られたドレスのすそを見て、まわりの人にききました。

「だれか、はさみをもってない？」

フロイライン・パウラがもっていました。もうピッピに腹《はら》をたててはいません。

「はい、どうぞ。勇敢《ゆうかん》なおじょうちゃん」

ピッピははさみを手にすると、ひざの上あたりでドレスをジョキジョキ切り、満足《まんぞく》そうにいいました。

「これでよし、と。さらに、あたしはすてきになったわ。ドレスのえりも、すそも、すっきり大きくあいてるなんて、二倍《ばい》すてき！」

そして、ひざがぶつかりあうほど、しゃなりしゃなりと上品《じょうひん》ぶって歩きだし、「あたしって、ほんとに魅力的《みりょくてき》！」と大きな声でいいました。

さてこれで、きょうはすっかりおちついた、とだれもが思ったことでしょう。けれどもお祭《まつ》りの日というのは、そうかんたんにおちつくものではありません。人々はため息をつくのがまだ早かったことを、あとになって知るのです。

実《じつ》は、この小さな小さな町には、ひどく力の強い乱暴者《らんぼうもの》のラーバンという男がいました。子どもたちはみんな、この男をこわがっていました。子どもたちだけではありません。おとなもみんな、この男をおそれていました。おまわりさんまでもが、乱暴者《らんぼうもの》のラーバンの気がたっているときには、近よらないようにしていたくらいです。

といってもラーバンは、いつもきげんが悪《わる》いわけではありません。ビールをのんだときだけです。そして、お祭《まつ》りの日のきょうは朝からビールをのみました。あんのじょう、ラーバンはどなったりわめいたりしながら、大通りをふらふらと歩いてきました。両《りょう》うでを乱暴《らんぼう》に、ぶんぶんふりまわしながら。

「どけ！　じゃまだ！　ラーバンさまのお通りだぞ！」

人々はだれもがおびえて、家の外壁《そとかべ》にはりつきました。こわくなって泣《な》きだす子どもも、おおぜいいました。おまわりさんの姿《すがた》は見あたりません。

まもなくラーバンは移動遊園地《いどうゆうえんち》のある、町の古い門のほうへやってきました。おでこにかかる長い黒髪《くろかみ》、大きな赤い鼻、口からつきだしている黄ばんだ歯――見るからに気味《きみ》の悪《わる》い男です。近くにいた人たちは、この男のほうがさっきのトラよりもおそろしいと思いました。

そばの屋台《やたい》では、小柄《こがら》なおじいさんがソーセージを売っていました。

ラーバンは屋台《やたい》に近づくと、こぶしで台をたたき、どなりました。

「ソーセージをよこせ、すぐにだ！」

おじいさんはすぐにソーセージをさしだし、遠慮《えんりょ》がちにいいました。

「二十五エーレいただきます」

「なに、おやじ、金をとるだと？」ラーバンは声をあららげました。「おれさまのようなりっぱな男に食《く》ってもらえるというのに、ばかいえ。さっさと、もひとつ、よこせ！」

それでも、おじいさんはラーバンに、まずは最初《さいしょ》のお代《だい》をはらってほしいといいました。

すると、ラーバンはおじいさんの耳をぎゅっとつかみ、ゆさぶりました。

「早く、つぎのを、よこせ！」

おじいさんは、ラーバンの命令《めいれい》にしたがうしかないと思ったようでした。けれどもまわりにいた人たちは、それはよくないことだとつぶやかずにはいられませんでした。「そんなふうに、老人《ろうじん》をいじめるもんじゃない！」と勇気《ゆうき》をだしてラーバンに直接《ちょくせつ》、注意した人もいました。

ラーバンはふりむきました。赤く血走《ちば》しった目で、まわりの人たちをにらみつけます。

「なにか、ほざいたようだな」

人々がびくついて、その場からそっと立ち去ろうとすると、ラーバンはどなりました。

「うごくな。最初《さいしょ》にうごいたやつは、脳天《のうてん》をぶちわってやるからな。うごくなといってるんだ！　いまからラーバンさまが、ちょいといいものを見せてやる！」

ラーバンは売りもののソーセージを片手《かたて》でがばっとつかむと、ボールのようになげはじめました。そして空になげあげたソーセージを口でうけたり、両手《りょうて》でつかんだりするのですが、多くはばらばらと地面《じめん》におちてしまいました。

屋台《やたい》のおじいさんは、気《き》の毒《どく》に、もう泣《な》きそうになっています。

そのとき、人ごみの中から小さな影《かげ》がとびだしました。ピッピです。ピッピはラーバンのまえに立ちはだかると、なだめすかすようにいいました。

「これは、これは、どちらのおぼっちゃま？　せっかくのごちそうをこんなふうにばら

まいちゃって、お母さんはなんていうかしらね？」

ラーバンはおそろしいうなり声をあげ、ピッピにむかって、がなりたてました。

「うごくなといったろ！」

「あんたの拡声器《かくせいき》の音量《おんりょう》は、いつも外国にむけて大きくしてあるの？」

「だまれ、ガキ！　ぐちゃぐちゃにされたいのか？」ラーバンがさらにわめきながら、おどすようにこぶしをふりあげると、ピッピは両手《りょうて》を腰《こし》にあて、相手を意味《いみ》ありげに見つめました。そして、「あんたはさっき、ソーセージをどうやったんだったっけ？　こんなふうだったかしら？」といったとたん、ラーバンを空にほうりなげました。

それからしばらくのあいだ、ピッピはラーバンをボールのようにキャッチしてはなげ、キャッチしてはなげをくりかえしました。

まわりにいた人たちは歓声《かんせい》をあげ、ソーセージ屋のおじいさんは、小さなしわだらけの手をたたいて、笑《え》みをうかべました。

ピッピがボール遊びをおえると、ラーバンはすっかりおそれをなして地面《じめん》にへたりこみ、おどおどとあたりを見まわしました。

「このきかんぼうは、もう、おうちへ帰ると思うわ」

ピッピにいわれるまでもなく、ラーバンもそのつもりでした。

「でも、まずはソーセージのお代《だい》をはらってちょうだい」ピッピは、ぴしゃりといいました。

ラーバンは立ちあがるとソーセージ十八本分のお金をはらい、そのまま、ひとことも口をきかずに立ち去っていきました。そして、この日から二度と乱暴《らんぼう》をはたらかなくなったのです。

「ピッピ、バンザイ！」みんなが大きな声でいいました。

「いいぞ、ピッピ！」トミーとアニカも、さけびました。

「この町に、おまわりさんはいらないね。ピッピ・ナガクツシタがいてくれれば」とだれかがいうと、べつのだれかが「ほんとほんと。ピッピなら、トラでも乱暴者《らんぼうもの》でも、やっつけてしまえるんだもの」とひきとりました。

ピッピはいいました。

「ううん、やっぱり、おまわりさんはいなくちゃだめよ。すべての自転車がちゃんと駐《ちゅう》輪違反《りんいはん》をしているかどうか、見てまわる人が必要《ひつよう》だもの」

帰り道、アニカは歩きながらしみじみといいました。

「ああ、ピッピ、本当にかっこよかったわ」

すると、ピッピは「ええ、そうよ。あたしって、本当に魅力的《みりょくてき》でしょ！」といって、ひざがすっかり見えるほど短くなったドレスのすそを両手《りょうて》でつまみあげてみせました。

6　ピッピが難破《なんぱ》しました

毎日、学校がおわると、トミーとアニカはごたごた荘《そう》へ走っていきました。宿題ですら家でする気はしません。宿題はピッピのところへもっていくのです。

「いいわよ」ピッピはいいました。「ここにすわってしたら。そうすれば、あたしにも知識《ちしき》が少しはつくってものよ。どうしても知識《ちしき》のなにかが必要《ひつよう》ってわけじゃないけど、オーストラリアに先住民《せんじゅうみん》が何人《なんにん》いるかを知らないと、〈真《しん》にすてきな女性《じょせい》〉になれないかもしれないものね」

トミーとアニカは台所のテーブルにつくと、地理の教科書をひろげました。

ピッピはテーブルのまん中にあぐらをかいてすわると、指を鼻にあてて考えこむようにいいました。

「でもね、先住民《せんじゅうみん》が何人《なんにん》いるかを学んだとして、そのうちのひとりが肺炎《はいえん》にかかって死んじゃったら、どうなるの？　ぜんぶ、むだになっちゃう。となると、ここにすわっているあたしは、〈真《しん》のすてきな女性《じょせい》〉にはなれないじゃないの」

ピッピは考えつづけました。

「……ということは、だれかが先住民《せんじゅうみん》にいってやるべきね。トミーとアニカの教科書にのってることがまちがいにならないように、肺炎《はいえん》に気をつけて、おぎょうぎよくするのよって」

宿題がおわると、三人はすぐに楽しいことをはじめます。

天気がよければ、庭ですごします。ちょっと馬にのったり、洗《せん》たく小屋《ごや》の屋根《やね》にはいあがって、そこでコーヒーをのんだり、あるいは古いナラの木によじのぼったりします。ナラの木は幹《みき》が空洞《くうどう》になっていて、中におりていけるのです。

ピッピは、とてもふしぎな木だといっていました。というのは、木の中にサイダーがなるからです。木の中にサイダーがなる？　ええ、それは、たぶん本当でした。子どもたちがナラの木の中の隠《かく》れ場所《ばしょ》におりていくたびに、びんにはいったサイダーが三本、いつも三人を待っていましたから。

トミーとアニカには、サイダーをのんだあと、からになったびんがどうなるのかは、わかりませんでした。中身《なかみ》をのんでしまうと、びんはすぐにしぼんで消えてしまうのよ、とピッピはいうのですが……。

たしかにトミーとアニカも、とてもふしぎな木だと思っていました。その木には、チョコレートがなることもあったのです。

「でも、それは木曜日だけよ」ピッピはいいました。それで、トミーとアニカは木曜日にはナラの木へ行って、チョコレートをとるのをわすれないようにしていました。

ピッピは、「この木にときどき、たっぷり水をやるのをわすれなければ、そのうちフランスパンや小ぶりの子牛肉《こうしにく》のステーキだってなるかもね」ともいいました。

雨の日は、家の中ですごさなければなりませんでした。でも、それもつまらなくはなかったのです。ピッピの開閉式《ライティング・ビューロー》のつくえのひきだしにはいっている、すてきな宝物《たからもの》をひとつひとつじっくりとながめたり、オーブンのまえにすわって、ピッピがどんなふうにワッフルやリンゴを焼《や》くのかを見たり。あるいは、たきぎ箱の中にもぐりこんで、ピッピが船にのって海を旅していたときのおもしろい話をきいたりしました。

「そのときの嵐《あらし》ときたら、本当にすごかったのよ」あるとき、ピッピはこんなふうに話しだしました。「魚だって船酔《ふなよ》いしちゃって、陸《りく》にあがりたいと思ったくらいなんだから。顔がまっ青《さお》になっているサメも見たわ。ぜんぶの足で頭をかかえているイカなんかもいてね。ほんとに、まったく、それくらいの大嵐《おおあらし》だったのよ！」

「まあ。それで、ピッピはこわくなかったの？」アニカがききました。

「そうだよ、船が難破《なんぱ》したらって考えなかった？」トミーもききました。

「ううん」ピッピはこたえました。「難破《なんぱ》なら、大小いろいろ経験《けいけん》してるから、ちっともこわくなんかなかったわ。少なくとも、はじめのうちはね。ディナーを食べてたとき、フルーツスープからレーズンが吹《ふ》きとばされても、コックさんの口から入れ歯が吹《ふ》きとばされても、あたしは平気だった。でも船で飼《か》ってたネコが皮だけ残《のこ》っちゃって、まるはだかになって極東《きょくとう》のほうへ風に流《なが》されていったときには、さすがにちょっと気味悪《きみわる》くなったわね」

「ぼく、船が難破《なんぱ》する本、もってるよ」トミーが、いいました。「『ロビンソン・クルーソー』っていうんだ」

「あの本、おもしろいわね」アニカもいいました。「ロビンソンは、無人島《むじんとう》に流《なが》れつくのよ」

「ピッピは、船が難破《なんぱ》して……」トミーはたきぎ箱の中ですわりなおしてから、ききました。「無人島《むじんとう》に流《なが》れついたことある？」

「それなら」ピッピは力をこめて、話しだしました。「あたしくらい難破《なんぱ》したことがある人間は、そうめったといないのよ。ロビンソンなんて、くらべものにならないわ。難破《なんぱ》してあたしが流《なが》れついていない島は、大西洋と太平洋で八つか十くらいしかないの。そうした島は、旅行案内書《あんないしょ》の要注意《ようちゅうい》リストにのってるのよ」

「無人島《むじんとう》に行ったなんて、すごいなあ。ぼくも行ってみたいや」

「かんたんよ。すぐに行けるわ。島なんて、いくらでもあるんだから」

「そうだよね、ここからそう遠くないところにも、島がある」トミーがいうと、ピッピがききました。

「それ、水の上にある？」

「あるよ」

「なら、行けるわね。乾《かわ》いた陸《りく》の上にあるんじゃ、島として意味《いみ》がないけど」

「行こう、行こう。すぐに実行《じっこう》しよう！」トミーは興奮《こうふん》して、さけびました。

というのは、あと二日すると、トミーとアニカは学校が夏休みになるのです。夏休みになったら、お父さんとお母さんはふたりきりで旅行にでかけます。子どもたちだけでロビンソンごっこをするには、またとないチャンスです。

「難破《なんぱ》するにはボートがいるわ」ピッピがつぶやくと、アニカはいいました。

「ボートなんてないわ」

「あるわよ。あっちの川に、こわれた手こぎボートがしずんでるのを見たもの」

「でも、それって、もう難破《なんぱ》してるってことでしょ？」

「なら、よけいに好都合《こうつごう》じゃない？　そのボート、難破《なんぱ》の仕方《しかた》を知ってるわけだから」

ピッピはいいました。

ピッピにとって、川底《かわぞこ》からしずんだボートをひきあげるなんてことは、朝飯《あさめし》まえでした。

ピッピは翌日《よくじつ》一日かけて、川岸で、麻《あさ》の繊維《せんい》とタールをつめてボートのあなをふさぎました。雨がふったつぎの日の午前中には、薪小屋《まきごや》でおのをふるって、木でオールをひと組こしらえました。

こうして、ついにトミーとアニカに夏休みがおとずれ、お父さんとお母さんは旅行にでかけていくことになりました。

「二日したら帰ってきますからね」お母さんはいいました。「いい子にして、かならずエッラのいうことをきくんですよ」

エッラは、トミーとアニカの家のお手伝《てつだ》いさんです。お父さんとお母さんが留守《るす》のあいだ、エッラがトミーとアニカのめんどうを見ることになっているのです。

けれども、お父さんとお母さんがでかけてしまうと、トミーはエッラにいいました。

「エッラは、ぼくたちのめんどうを見なくていいよ。ぼくたち、ずっとピッピのところに行ってるから」

「あたしたち、自分でちゃんとめんどう見られるわ」アニカもいいました。「ピッピには、世話をしてくれる人がだれもいないのよ。だったら、あたしたちだって、二日間くらい、自分たちでちゃんとできると思わない？」

エッラとしても二日間、仕事がひまになることに文句《もんく》はありませんでした。そしてトミーとアニカにかなり長いこと、しつこくたのまれたり、おがまれたり、あれこれ説得《せっとく》されたりしたあとで、エッラはついにいいました。

「実家《じっか》へ帰って、母親の顔を見てきます。それには、ふたりともきちんと食べて、寝《ね》て、あたたかいセーターを着《き》ずに夜に外を走りまわらないと約束《やくそく》してくださいな」

トミーはエッラを実家《じっか》へ帰らせたい一心《いっしん》で、「セーターなら一ダースでも着《き》るよ」と約《や》束《そく》しました。

すべては、子どもたちがのぞんだとおりになりました。エッラが実家《じっか》へ帰っていった二時間後、ピッピ、トミー、アニカ、馬、そしてニルソンさんは、無人島《むじんとう》への冒険《ぼうけん》の旅を開《かい》始《し》したのです。

おだやかな初夏《しょか》の晩《ばん》でした。空はくもっていましたが、風はあたたかでした。無《む》人島《じんとう》のある湖《みずうみ》までは、歩いていくにはかなりの道のりがありました。ピッピはボートを頭にかぶるようにして、運《はこ》んでいきました。馬の背《せ》には、大きな袋《ふくろ》とテントが積《つ》んであります。

「その袋《ふくろ》、なにがはいってるの？」トミーがききました。

「食べものと飛《と》び道具、それから毛布《もうふ》に、あきびんひとつ」ピッピはこたえました。「あんたたちにとっちゃ、これがはじめての難破《なんぱ》なわけだから、気もちよく難破《なんぱ》しないといけないと思ってね。あたしは難破《なんぱ》したときはいつもレイヨウかラマを撃《う》って、その肉を生で食べるの。でも、これから行く島にはレイヨウもラマもいないかもしれないから、こんなつまらない遊びで飢《う》え死《じ》にするのはいやでしょ」

「あきびんは、なににするの？」アニカがききました。

「あきびんを、なににするかって？　きまってるじゃないの。難破《なんぱ》にいちばんだいじなのはボート。そのつぎは、あきびんよ。パパからならったの。あたしがまだゆりかごに寝《ね》てたころに。『いいかい、ピッピ。王宮《おうきゅう》にまねかれたとき、足をあらっていくのをわすれてもかまわないが、難破《なんぱ》するときは、あきびんをわすれるな。あきびんさえあれば、家に手紙が送れるからな』って」

「ふうん、でもどういうふうに使うの？」アニカは、しつこくききました。

「あきびん郵便《ゆうびん》って、きいたことない？」ピッピは説明《せつめい》しました。「紙に『助けて』と書いて、あきびんにいれて、コルクの栓《せん》をして、海になげるの。そうすれば、びんは助けにきてくれる人のところへまっすぐに流《なが》れていくの。そうでなきゃ、どうやって難破《なんぱ》して命《いのち》が助かるっていうのよ？　なにもかも運《うん》まかせじゃ、だめよ！」

「ふうん、そういうものなのね」アニカはつぶやきました。

やがて、ピッピたちは小さな湖《みずうみ》につきました。その湖《みずうみ》のまん中に、無人島《むじんとう》があるのです。ちょうどお日さまが雲のあいだから顔をだし、初夏《しょか》のみずみずしい緑の草木に、きらきらした光をなげかけました。

「本当に、あたしが見たなかじゃ、いちばんいごこちのよさそうな無人島《むじんとう》のひとつだわ」

ピッピはそういうと、さっとボートを湖《みずうみ》にうかべ、馬の背《せ》から荷物《にもつ》をおろしてボートの船《ふな》底《そこ》に積《つ》みこみました。

アニカ、トミー、ニルソンさんがボートにとびのりました。

ピッピは馬をかるくたたきながら、いいました。

「かわいい、あたしの馬ちゃん。ボートにのせてあげたいけれど、そういうわけにもいかないの。あんた、泳げるでしょ。泳ぐのなんて、かんたんよ。こうすりゃいいのよ」ピッピは服を着《き》たまま湖《みずうみ》にとびこむと、二、三かき、かいてみせました。それから、「むちゃ

くちゃ楽しいのよ。クジラごっこをすれば、なお楽しいの。こんなふうに！」といって口に水をふくんで、あおむけになり、まるで噴水《ふんすい》のように口から水をピューッとふきだしました。

馬は、ちっとも楽しいとは思っていないようでした。それでもピッピがボートにはいあがり、オールをにぎってこぎだすと、水にとびこみ、ボートのあとを泳いでついてきました。さすがに、クジラごっこはしませんでしたけれど。

無人島《むじんとう》が近づくと、ピッピはさけびました。

「各員《かくいん》、排水《はいすい》ポンプにかかれ！」

その数秒後、ピッピはまたさけびました。

「これ以上《いじょう》はむりだ！　本船《ほんせん》をはなれる！　各員《かくいん》、自助努力《じじょどりょく》せよ！」

ピッピはボートのともに立つと、頭から水にとびこみました。そして、すぐにうかんでくると、ボートのロープをつかみ、島のほうへ泳いでいきました。

「食料《しょくりょう》は、あたしが守る！　乗組員《のりくみいん》は船に残《のこ》っていてよし！」

ピッピは島に泳ぎつくと、ロープを岩にくくりつけ、トミーとアニカが島にあがるのに手を貸《か》しました。ニルソンさんは自分でボートからおりました。

「奇跡《きせき》だ！」ピッピはさけびました。「われわれは助かったのだ。少なくとも、ここまでは。この島には、人食《ひとく》い人種《じんしゅ》もライオンもいなさそうだ」

馬も島にあがってきました。水からでたとたん、馬はぶるるるっと、からだをふるわせました。

ピッピはそれを見て、満足《まんぞく》そうにいいました。

「一等航海士《いっとうこうかいし》も無事《ぶじ》だ。よし、作戦会議《さくせんかいぎ》をひらこう」

ピッピは、袋《ふくろ》からピストルをとりだしました。まえに、ごたごた荘《そう》の屋根裏《やねうら》にあった船乗《ふなの》りの木箱から見つけたものです。ピストルを高くかまえると、ピッピは四方八方《しほうはっぽう》に注意をはらいながら、こそこそと進んでいきました。

「なんなの、ピッピ」アニカが心配そうにききました。

「人食《ひとく》い人種《じんしゅ》のうなり声がきこえた気がしたのよ。注意しすぎてしすぎることはないの。せっかくおぼれずにすんだのに、煮《に》こんだ野菜《やさい》といっしょに人食《ひとく》い人種《じんしゅ》の夕食にだされちゃ、意味《いみ》ないでしょ」

けれども、人食《ひとく》い人種《じんしゅ》はあらわれませんでした。

「あいつら、退却《たいきゃく》して隠《かく》れたのね。それとも、あたしたちをどう料理《りょうり》しようか、料理《りょうり》の本でも見てるのかな。ふん、あたしをニンジンのシチューなんかといっしょにしたら、ぜったいにゆるさないから。あたし、ニンジン、きらいなの」

「やめて、ピッピ。そんなこといわないで」アニカはそういうと、ぶるっとからだをふるわせました。

「あら、あんたもニンジン、きらいなの？　まあ、とにかくテントを張《は》らなくちゃね」

ピッピはそのとおりにしました。まもなく、安全な場所にテントが張《は》られました。トミーとアニカは中にもぐりこんだり、はいだしたり、もううれしくてなりません。

テントから少しはなれたところには、石をまるくおいた中に、あつめた枝《えだ》や木切《きぎ》れがおかれていました。

「まあ、すてき！　たき火をするのね」アニカがいいました。

「もちろんよ」ピッピは木切《きぎ》れをふたつ手にとり、こすりはじめました。

トミーは興味《きょうみ》ぶかそうな顔でながめています。

「もしかして、ピッピ」トミーは、うれしそうにいいました。「原始人《げんしじん》みたいなやり方《かた》で火をおこすの？」

「ううん、あたしは指が冷《つめ》たいだけ。こうすれば、うででからだをたたくのとおなじで、あたたまるの。ところで、マッチはどこへやったかしら？」

それからまもなくして、たき火がパチパチと燃《も》えはじめました。

「本当にいい感じだね」トミーがいいました。

「それに、たき火があれば、野生《やせい》動物もよってこないしね」ピッピがこういうと、アニカはびっくりして息をすいこみ、それから、ふるえる声でききました。

「野生《やせい》動物って、どんな？」

「蚊《か》よ」ピッピはこたえると、考えこむように、足の蚊《か》にさされた大きなあとをボリボりかきました。

アニカはほっとして、大きくため息をつきました。

「もちろん、ライオンとかもよ。でも、ニシキヘビやアメリカバイソンには、たき火の効果《こうか》はないらしいの」ピッピはピストルをたたきながら、つづけました。「でも安心して、アニカ。たとえハタネズミがでてきたとしても、あたし、これでやれるから」

それから、ピッピはコーヒーとサンドイッチをならべました。

子どもたちは、たき火のまわりにすわって食べたりのんだりしながら、楽しいときをすごしました。ニルソンさんはピッピの肩《かた》にすわって、いっしょに食べました。馬はときどき鼻をつきだして、パンのかけらや角砂糖《かくざとう》を少しだけ食べました。新鮮《しんせん》な緑の草を、もうたくさん食べていたからです。

空には雲がひろがり、しげみのあいだはすでに暗《くら》くなりはじめました。

アニカはできるだけ、ピッピのそばに身《み》をよせました。炎《ほのお》のゆらめきが、あやしげな影《かげ》をつくります。炎《ほのお》の光があたる小さな明るい輪《わ》の外では、まるで暗闇《くらやみ》が生きているように感じられるのです。

アニカはふるえました。もしもあのネズのしげみのうしろに人食《ひとく》い人種《じんしゅ》がいたらどうしよう、あの大きな岩のかげにライオンが隠《かく》れていたらどうしよう、と思って。

ピッピはコーヒーカップをおくと、しゃがれた声でうたいだしました。

死人《しびと》の箱には十五人
ラム酒《しゅ》をひとびん、ヨーホーホー

歌をきいて、アニカはますますふるえました。

「その歌、ぼくがもってる、べつの本

にのってるよ」トミーが得意《とくい》そうにいいました。「海賊《かいぞく》がでてくる本」

「そうなの？」ピッピはいいました。「だとしたら、その本を書いたのはフリードルフかも。この歌をあたしにおしえてくれたのは、フリードルフだもの。ああ、何度《なんど》あったことかしら。南十字星《みなみじゅうじせい》が頭上《ずじょう》にかがやく美しい星空の夜、パパの船のうしろの甲板《かんぱん》にすわって、フリードルフがそばで、こんなふうにうたうのをきいたのは……」

死人《しびと》の箱には十五人
ラム酒《しゅ》をひとびん、ヨーホーホー

ピッピは、さらにしゃがれた声でうたいました。

「ピッピがそんなふうにうたうと、ぼくは変《へん》な感じがする。こわいような、楽しいような、その両方《りょうほう》」

「あたしは、こわいだけよ」アニカがささやきました。「でも、ちょっとだけ楽しいかも」

「ぼく、大きくなったら海にでるよ」トミーは、きっぱりといいました。「ピッピとおんなじ、海賊《かいぞく》になる」

「最高《さいこう》！」ピッピは声をはずませました。「トミー、あんたとあたしで〈カリブ海の恐怖《きょうふ》〉になろうじゃないの。金銀宝石《きんぎんほうせき》をぶんどって、太平洋のどこかの無人島《むじんとう》のほらあなのおくに隠《かく》すのよ。ほらあなを見張《みは》るのは、三体の骸骨《がいこつ》。かかげる旗《はた》は、どくろに二本の骨《ほね》のばっ・て・ん・じるし。あたしたちがうたう『死人《しびと》の箱には十五人』は、大西洋のはしからはしまでひびきわたり、どんな船乗《ふなの》りたちも、その歌声をきくとまっ青《さお》になって、血なまぐさい復讐《ふくしゅう》から逃《のが》れるために海にとびこもうかと考えるってわけ」

「でも、あたしは」アニカが不満《ふまん》そうにいいました。「あたしは海賊《かいぞく》になんかなれない。あたしは、なにをするの？」

「そうね、とにかくいっしょにくればいいわ。ピアノのほこりでもはらっててよ」ピッピはいいました。

それから、まもなくして火が消えました。

「もう寝《ね》る時間ね」ピッピはつぶやきました。

テントの中には、敷《し》きつめられたトウヒの枝《えだ》の上に、厚《あつ》い毛布《もうふ》が何枚《なんまい》もかさねてひろげてありました。ピッピが用意《ようい》してくれていたのです。

ピッピは馬にききました。

「あんたはテントの中で、足と頭をあたしとたがいちがいにして寝《ね》たい？　それとも馬用のふとんをかぶって、木の下に立ってるほうがいい？　テントの中で寝《ね》ると、あんたはいつも気もちが悪《わる》くなるっていうわよね。さあ、好《す》きなようにしなさい！」ピッピはそういうと、馬をぽんとたたきました。

まもなく、三人の子どもたちとニルソンさんはテントの中で毛布《もうふ》にくるまって横《よこ》になりました。外では、岸辺《きしべ》にうちよせる波の音がピチャピチャとひびいています。

ピッピは夢《ゆめ》を見ているように、いいました。

「大海原《おおうなばら》の波の音がする……」

あたりがまっ暗《くら》になると、アニカはピッピの手をぎゅっとにぎりました。こうすると、危《き》険《けん》な感じがずっとやわらぐのです。

突然《とつぜん》、雨がふりだしました。雨粒《あまつぶ》がテントの屋根《やね》をうちますが、テントの中はあたたかく、ぬれる心配はありません。むしろパタパタという雨音《あまおと》をきいているのは、楽しい気分でした。

ピッピは外へでていき、馬にもう一枚《まい》、毛布《もうふ》をかぶせてやりました。馬はよくしげったトウヒの木の下に立っているので、ひどくぬれることはありませんでした。

ピッピがテントにもどってくると、トミーはいいました。

「なんて楽しいんだろう、ねえ」

「そうよ。あたし、石の下でなにを見つけたと思う？　板チョコ、三枚《まい》よ！」

三分後、アニカは口の中をチョコレートでいっぱいにして、ピッピの手をにぎったまま、ねむっていました。

「今夜は歯をみがくの、わすれたね」そうつぶやいたトミーも、じきにねむってしまいました。


トミーとアニカが目をさますと、ピッピがいませんでした。

ふたりはあわてて、テントからはいだしました。朝日がかがやき、テントのまえには新しいたき火が燃《も》えていました。ピッピが火のそばにすわって、ハムを焼《や》き、コーヒーをわかしています。

「復活祭《ふっかつさい》、おめでとう！」ピッピはトミーとアニカを見ると、いいました。

「えっ、いまは復活祭《ふっかつさい》じゃないよ」トミーがいいました。

「あらそう。じゃ、来年までとっといて！」

三人は、炎《ほのお》のまわりにあぐらをかいてすわりました。ハムとコーヒーのいいにおいが、みんなの鼻をくすぐります。

ピッピはパンにハムとたまごとジャガイモをのせて、トミーとアニカにわたしました。それからコーヒーをのみました。ジンジャークッキーも食べました。こんなにすばらしい朝食は、これまでに味わったことがありません。

「ぼくたち、ロビンソンよりずっといいね」トミーはいいました。

「そうよ、あとはディナーに新鮮《しんせん》な魚でもちょっとあれば、ロビンソンはうらやましくて青くなるわよ」ピッピはいいました。

「えーっ、ぼく、魚は好《す》きじゃない」

「あたしも」アニカもいいました。

けれどもピッピは細長い枝《えだ》を切って、片方《かたほう》のはしにひもをむすびつけ、ひもの先に釣《つ》り針《ばり》の形にまげたまち針《ばり》をつけると、パンくずをさしました。そして、自分はつくったばかりの釣《つ》りざおをもって、岸辺《きしべ》の大きな岩に腰《こし》をおろしました。

「見てて」

「なにを釣《つ》るの?」トミーがききました。

「タコよ。なによりもおいしいものよ」

そうしてピッピは一時間ほどすわっていましたが、タコはちっとも食《く》いついてきませんでした。かわりにパーチがあらわれて、パンくずのにおいをかぎました。ピッピは、すぐに釣《つ》り針《ばり》をひきあげました。

「あんたに用はないの、パーチくん。どうやら、ディナーはベーコン入りのパンケーキにするしかなさそうね。きょうは、タコがいうこときかない」

ピッピのことばに、トミーとアニカはほっとしました。

湖《みずうみ》は日の光をあびてきらきら光り、おいでおいでと子どもたちをさそっているようです。

「水あびしようか？」トミーがいいました。

ピッピとアニカも大賛成《だいさんせい》でした。でも水はとても冷《つめ》たくて、トミーとアニカは足の親指を水につけたとたん、すぐにひっこめました。

すると、ピッピはいいました。

「もっといい方法《ほうほう》があるわ」

湖《みずうみ》の岸ぎりぎりのところに、岩がありました。岩の上には木が一本はえていて、木の枝《えだ》は水の上にのびています。

ピッピは木のてっぺんまでよじのぼると、枝《えだ》にロープをしばりつけました。

「これでよし、と。わかった？」ピッピはそういってロープをつかむと、いきおいよく水の上にとびだし、ロープからするっと手をはなしてバシャンと水にはいりました。

そして水からあがってくると、「このやり方《かた》なら、一度に水につかれるわ」と大きな声でいいました。

はじめのうち、トミーとアニカはちょっとまよいましたが、とても楽しそうなので、やってみることにしました。そして一度やってみたら、やめられなくなりました。見ていたときよりも、何倍《なんばい》も楽しかったのです。

ニルソンさんも、やってみたくなりました。けれどもニルソンさんはロープをすべりおりて水にふれる瞬間《しゅんかん》に、くるりとむきをかえ、あわててロープをよじのぼっていきました。子どもたちが「臆病者《おくびょうもの》!」とはやしたてても、おなじことをくりかえしました。

ピッピは、べつのことを思いつきました。岩に板をたてかけて、その上をすべり台のように、一気《いっき》に湖面《こめん》まですべりおりるのです。これもまた、とても楽しいのでした。なぜって水にはいるとき、ものすごいしぶきがあがるからです。

「あのロビンソンも、板ですべり台なんかしたかしら?」岩のてっぺんからすべりおりようと身《み》がまえたピッピは、いいました。

「ううん、本には書いてなかったよ」トミーがこたえました。

「やっぱりね。ロビンソンの難破《なんぱ》なんて、たいしたことないわ。毎日、なにしてたのかな? クロスステッチの刺《し》しゅうでもしてたのかな? さあ、行くわよ、それーっ!」ピッピがいきおいよくすべりだすと、赤い二本のおさげが頭の左右でブンブンゆれました。

水あびのあとは、無人島《むじんとう》を本格的《ほんかくてき》に探検《たんけん》することになりました。

三人は馬にのりました。

馬は子どもたちをのせて、すなおにぱかぱかと歩いていきます。坂をあがり、くだりました。草や低《ひく》い木がおいしげった小さな林を通り、トウヒの木のあいだをすりぬけ、沼地《ぬまち》をわたり、野の花が咲《さ》きみだれるきれいな原っぱをいくつもこえていきました。

ピッピはピストルをいつでも撃《う》てるようにかまえていて、ときどきパンと撃《う》ってみました。そのたびに馬はびっくりしてとびはね、ピッピは得意《とくい》になって、「いまのでライオンを一頭、しとめたわよ」とか、「あの人食《ひとく》い人種《じんしゅ》は最後《さいご》のジャガイモを植えて一巻《いっかん》のおわり！」などといいました。

テントのところへもどってくると、ピッピはベーコン入りのパンケーキを焼《や》きはじめました。

「この島、いつまでもぼくたちの島にしておきたいね」トミーがいいました。

ピッピとアニカも、そう思いました。

パンケーキが焼《や》きあがりました。ベーコン入りのパンケーキはあつあつのうちに食べると、とてもおいしいものです。でも、お皿もナイフもフォークもないので、アニカがききました。

「手で食べるの？」

「好《す》きにして」ピッピはこたえました。「あたしは、むかしからのやり方《かた》で食べるわ。口で食べるのよ」

「ああん、ピッピったら。あたしのきいた意味《いみ》、わかってるくせに」アニカはそういうとパンケーキを一枚《まい》、小さな手でつかみ、うれしそうに自分の口につめこみました。

そうこうするうちに、また夜になりました。たき火が消えると三人はテントの中にはいり、パンケーキの油だらけの顔のまま毛布《もうふ》にくるまり、ぴったりとからだをくっつけあって横《よこ》になりました。

テントのすきまから、大きな星が光っているのが見えました。大海原《おおうなばら》の波の音をききながら、子どもたちはおだやかにねむりにつきました。

つぎの朝、トミーは残念《ざんねん》そうにいいました。

「きょうは家へ帰らないとね」

「つまらないわ」アニカもいいました。「夏のあいだ、ずっとここにいたいわ。けど、きょうは、お父さんとお母さんが帰ってくるものね」

朝食のあと、トミーは岸辺《きしべ》へぶらぶらとおりていき、突然《とつぜん》、悲鳴《ひめい》をあげました。

ボート……、ボートがありません！

アニカは、うろたえました。

ボートがないのに、どうやって島をでられるでしょうか。たしかに、アニカは夏のあいだずっと島にいたいと思っていましたが、家に帰れないとなると話はべつです。トミーとアニカが行方不明《ゆくえふめい》と知ったら、お母さんはなんというでしょう？　そのことを考えると、アニカは涙《なみだ》があふれそうになりました。

「アニカ、どうしたのよ？」ピッピがききました。「難破《なんぱ》するってこと、どう考えてたの？　ロビンソンだったら、なんていうと思う？　無人島《むじんとう》に漂着《ひょうちゃく》して、まだたったの二日しかたってないのに、大きな船がむかえにきちゃったら？『クルーソーさん、どうぞ、おのりください。あなたは無事《ぶじ》、救助《きゅうじょ》されました。船の上でひと風呂《ふろ》あびて、ひげをそったり、足の爪《つめ》を切ったりしてください』なんていわれたら？『いいえ、けっこう！』って、ロビンソンならいうと思うわ。そして走って逃《に》げて、しげみのうしろに隠《かく》れちゃうの。だって、やっと無人島《むじんとう》に漂着《ひょうちゃく》できたのよ。最低《さいてい》でも七年くらいはいなくちゃね」

七年も！　アニカはぞっとして、からだをふるわせました。

トミーも考えこんでいるようすでした。

「まあね、あたしだって、いつまでもここにいようとは思ってないわ」ピッピはおちつきはらって、いいました。「トミーが徴兵《ちょうへい》に行く年になったら、現住所《げんじゅうしょ》を明らかにしないといけないし」

アニカは、ますます動揺《どうよう》してきました。ピッピはそのようすをじっとながめてから、いいました。

「でもさ、あんたがそんなふうじゃ、そろそろ、あきびん郵便《ゆうびん》をだしたほうがよさそうね」

ピッピはすたすたと歩いていって、袋《ふくろ》からあきびんをとりだしました。紙とえんぴつもすぐに見つけだし、それらのものをぜんぶ、トミーのまえの石の上におきました。

「書いて。あんたのほうが、書くの、慣《な》れてるから」

「うん、でも、なんて書くの？」トミーはききました。

「そうねえ……」ピッピは考えました。「こんなふうに書いて。『死なないうちに、救助《きゅうじょ》たのむ。この二日、かぎたばこもなく、無人島《むじんとう》で力つきかける』」

「だめだよ、ピッピ。そんなふうには書けないよ」トミーはとがめるように、いいました。「本当のことじゃないもの」

「なにが？」

「『かぎたばこもなく』ってとこ」

「そうなの？　あんた、かぎたばこをもってるの？」

「もってない」

「アニカは？」

「もってるはずないよ、だけど……」

「じゃあ、あたしは？」ピッピは、たたみかけました。

「もってるわけないだろ。ぼくたち、かぎたばこなんてやらないんだから」

「そうよ、だから、書いてちょうだいっていってるのよ。『この二日、かぎたばこもなく』ってね」

「でも、そんなこと書いたら、ぼくたちがかぎたばこをやってるって思われるよ。ぜったいに」トミーはいいはりました。

「いい？　トミー」ピッピはいいました。「こたえて！　かぎたばこをもっていない人は、かぎたばこをやる人とやらない人、ふつうはどっち？」

「かぎたばこをやらない人にきまってる」

「じゃあ、なんで文句《もんく》をつけるのよ。あたしのいうとおりに書いてよ」

トミーは書きました。

死なないうちに、救助《きゅうじょ》たのむ
この二日、かぎたばこもなく、無人島《むじんとう》で力つきかける

ピッピはその紙をとると、あきびんにつめ、コルクの栓《せん》をして湖《みずうみ》になげました。

「さてと、もうしばらくしたら、救助隊《きゅうじょたい》がやってくるわよ」

あきびんはぷかりぷかりと水面《すいめん》をただよい、岸辺《きしべ》にはえている木の根《ね》にひっかかってとまりました。

「もっと遠くへなげないと」トミーが注意するようにいうと、ピッピはいいかえしました。

「それは、いちばんばかなやり方《かた》よ。あきびんが遠くへ流《なが》れていってしまったら、救助《きゅうじょ》隊《たい》はどこをさがしていいかわからないじゃないの。でも、あきびんがそこにあれば、救助《きゅうじょ》隊《たい》がそれを見つけたとき、あたしたち、ここからさけべばいいのよ。そうすれば、すぐに助けてもらえる」ピッピは岸辺《きしべ》に腰《こし》をおろしました。「あきびんをずっと見張《みは》ってるのが、いちばんなの」

トミーとアニカも、ピッピのとなりに腰《こし》をおろしました。

けれども十分後、ピッピはいらいらして、いいました。

「まったく、あいつらときたら、人が助けをもとめてるときに、じっとすわって待つ以《い》外《がい》にすることがあるとでも思ってるのかしら？　いったい、どこでなにしてるのよ？」

「あいつらって？」アニカがききました。

「あたしたちを救助《きゅうじょ》しにくる連中《れんちゅう》よ。人の命《いのち》がかかっているときに、こういういいかげんなことをされると、実《じつ》に気分が悪《わる》いわね」

アニカは、自分たちは本当にこの島で力つきていくのだと思いはじめました。

そのときでした。ピッピは空に人さし指をつき立て、さけびました。

「たいへん！　いけない！　あたしったら、なんで、わすれてたんだろう」

「なにを？」トミーがききました。

「ボートよ。ゆうべ、ボートを陸《りく》にあげておいたのよ。あんたたちがねむったあとに」

「どうして、そんなことしたの？」アニカは声をとがらせました。

「ぬれるといけないと思ってね」ピッピはそういうと、あっというまにトウヒの木の下に隠《かく》しておいたボートをとってきました。そして、それをなげるように水にうかべ、ぴしゃりといいました。

「これでよし。救助隊《きゅうじょたい》なんかいつでもこい、よ。きたって、もうむだだけどね。あたしたち、自分で自分を助けたもの。あいつら、いい気味《きみ》だわ。つぎからは、もっと早く助けにくることを学びなさいな」

みんながボートにのりこみ、ピッピが陸《りく》にむかって力強くオールをこぎだすと、アニカはいいました。

「お父さんとお母さんが帰ってくるまでに、家につきたいわ。そうじゃないと、お母さんがとっても心配すると思うの」

「心配なんかしないわよ」ピッピは、いいきりました。

実《じっ》をいうと、セッテルグレーン家《け》のお父さんとお母さんは、子どもたちより三十分まえに家についていました。トミーとアニカの姿《すがた》はありません。でも、郵便受《ゆうびんう》けに紙が一枚《まい》、はいっていました。

紙には、字が書いてありました。

あんたたち の こども
しんだとか いなくなたとか
おもわないで
~~だいぢよぶ~~ だいじよぶ
ちと なんぱした だけ
すぐかえる うけあう ピッピ
より

7　ピッピに、すてきなお客さんがきました

ある夏の晩《ばん》、ピッピとトミーとアニカは、ごたごた荘《そう》の玄関《げんかん》まえのベランダの階段《かいだん》にすわって、午前中につんだ野イチゴを食べていました。鳥たちがさえずり、花の香《かお》りがただよい、そしておいしい野イチゴもある、なんとも美しい晩《ばん》でした。

あたりは、とてもおだやかでした。子どもたちは食べるばかりで、ほとんどおしゃべりをしません。トミーとアニカは、夏は本当にすばらしい、学校なんか、まだはじまらなくていい、と考えていました。ピッピがなにを考えていたかは、わかりません。

「ねえ、ピッピ。あなたがこのごたごた荘《そう》に住んで、もう一年になるのね」アニカはそういうと、急にピッピのうでにだきつきました。

「そうよ。ときは流《なが》れ、人は老《お》いゆく」ピッピはいいま

した。「秋には、あたし、十歳《さい》になるの。人生でいちばんいいときがおわっちゃうわ」

「ピッピは、ずっとこの家で暮《く》らすつもり？」トミーがききました。「大きくなって、海《かい》賊《ぞく》になるまでって意味《いみ》だけど」

「さあ、どうかな」ピッピはこたえました。「あたし、パパがずっと南の島にいるとは思えないの。新しい船ができあがったら、すぐにあたしをむかえにくると思うのよ」

トミーとアニカは、大きくため息をつきました。

そのとき、ピッピは階段《かいだん》にすわったまま、ぴんと背筋《せすじ》をのばしました。そして、「見て、本当にきたわ」というと門のほうを指さし、それから庭の小道を、ぴょんぴょんぴょんと三歩でとんでいきました。

トミーとアニカはちょっとためらいながら、あとを追いました。すると、ちょうどピッピが、とても太ったおじさんの首にだきつくのが見えました。おじさんは赤い口ひげをはやし、青い船員ズボンをはいています。

「パパのエフライム！」ピッピはさけぶと、首にぶらさがったまま、足をばたばたさせました。あんまりはげしくばたつかせたので、両足《りょうあし》の大きなくつがぬげて地面《じめん》にころがりました。「パパのエフライム、大きくなったわね！」

「わしの愛《あい》する、ピッピロッタ・タベリーナ・カーテンレーヌ・クルクルミント・エフライムノムスメ・ナガクツシタよ！　わしがいま、それをいおうと思ったんじゃ。大きくなったとな」

「わかってたわ、だから先にいったのよ。アハハ！」

「娘《むすめ》よ、おまえは、まえとおなじように強いのかい？」

「もっと強くなったわよ。うでずもうでためしてみる？」

「全速前進《ぜんそくぜんしん》ようそろ！」パパのエフライムは、船乗《ふなの》りのことばで賛成《さんせい》しました。

ごたごた荘《そう》の庭には、テーブルがあります。ピッピとパパはそのテーブルをはさんで、むかいあわせにすわりました。

トミーとアニカは、ただじっと見ています。

世界広しといえども、ピッピとおなじくらいの力もちは、ひとりしかいません。それがピッピのパパなのです。ピッピとパパは、ありったけの力をふりしぼり、たがいにうでずもうの勝負《しょうぶ》にのぞみましたが、なかなか決着《けっちゃく》はつきませんでした。

それでも、しまいにパパのうでが少しふるえると、ピッピはいいました。

「あたしが十歳《さい》になったら、パパのエフライムを負かせそうね」

パパのエフライムもそう思いました。

「あっ、いけない」ピッピは声をあげました。「紹介《しょうかい》するのをわすれてた。この子たちは、トミーとアニカ。で、こっちがあたしのパパ。船長でエフライム・ナガクツシタ陛下《へいか》。だって、パパは王さまなんでしょ？」

「そのとおりだとも」ナガクツシタ船長はいいました。「わしは、クレクレドットという島の王さまなのだ。おぼえてるだろ？　わしが海に吹《ふ》きとばされたのを。あのあと流《なが》されて、その島にたどりついたのさ」

「そうだと思ってた」ピッピはいいました。「まさかパパがおぼれるわけないって」

「おぼれる？　まさか、このわしが！　水にしずむなんて、わしにはむりだ。ラクダが針《はり》のあなを通れないのとおなじでな。わしのからだは脂肪《しぼう》が多いから、いやでもういてしまう」

トミーとアニカはふしぎそうにナガクツシタ船長を見つめていましたが、ついにトミーが口をひらきました。

「あのう、どうして、おじさんはクレクレドット島《とう》の王さまの衣装《いしょう》を着《き》てないんですか？」

「カバンの中にいれてあるんだよ」ナガクツシタ船長がこたえると、ピッピが大きな声でいいました。

「着《き》てみせてよ、ねえ。パパが王さまの衣装《いしょう》を着《き》たところ、見たい！」

こうして、みんなは台所へはいっていきました。

ナガクツシタ船長は、すぐにピッピの寝室《しんしつ》に消えました。子どもたちは、たきぎ箱の上に腰《こし》かけて待ちました。

「まるで、お芝居《しばい》がはじまるのを待ってるみたい」アニカが声をはずませました。

そのとき、バン！　ドアがあき、クレクレドット島《とう》の王さまがあらわれました。木の皮でできた腰《こし》み・の・をまき、頭に金のかんむりをのせ、首に長い首かざりをぐるぐるとかけ、片手《かたて》に槍《やり》、もう片方《かたほう》の手に盾《たて》をもっています。それだけではありません。腰《こし》み・の・の下からつきでた二本の毛むくじゃらの太い足首には、金の足輪《あしわ》をはめていました。

「ウッサムクッソル　ムッソル　フリブッソル」ナガクツシタ船長はこういうと、おどかすように眉《まゆ》をつりあげてみせました。

「わあ」トミーはよろこんで、ききました。「いま、なんていったの？　エフライムおじさん」

「『ふるえあがれ、敵《てき》ども！』といったのさ」

「ねえ、パパのエフライム」ピッピがききました。「クレクレドット島《とう》に流《なが》れついたとき、島の人たちはびっくりしなかった？」

「そりゃあ、したさ。だが、わしが素手《すで》でヤシの木をひきさいたら、わしを王さまにしてくれた。それからというもの、わしは午前中に王さまとして島をおさめる仕事をし、午後になると船をつくった。だから船ができるまでに、ずいぶんと時間がかかってしまった。なにもかも、ひとりでやらないといけなかったからな。小さな帆船《はんせん》だがね。できあがったところで、わしは島の連中《れんちゅう》に話した。ちょっとのあいだ、島をはなれると。だが、すぐにもどってくるとな。そのときには、ピッピロッタという名前のおひめさまをつれてくると。するど、やつらは盾《たて》を鳴らして、さけんだ。『ウッスムプルッソル、ウッソムプルッソル！』」

「どういう意味《いみ》なの？」アニカがききました。

「『ブラボー、ブラボー！』だよ。それから二週間、わしは王さまとして、本当によくはたらいた。つまり、島を留守《るす》にしてもだいじょうぶなように。それから帆《ほ》をあげて、海へのりだした。島の連中《れんちゅう》はさけんだ。『ウッスムクーラ　クッソムカーラ！』とな。ようするに、『行ってらっしゃい、太っちょの白い王さま！』という意味《いみ》さ。それから、わしはまっすぐにスラバヤをめざした。港《みなと》についたとたん、まっ先に目にはいったのは、なんだったと思う？　わがなつかしのホッペトッサ号だよ。しかも、わがなつかしのフリードルフが手すりのところに立って、力いっぱい手をふってくれていたのさ。『フリードルフ！』、わしはいった。『きょうから、わしがまた船長として指揮《しき》をとるぞ』と。『アイアイ、船長！』とフリードルフはこたえた。そして、わしはそのとおりにした。むかしの乗組員《のりくみいん》たちは全員、船に残《のこ》っていた。いま、ホッペトッサ号は、この町の港《みなと》に停泊《ていはく》しておる。だから港《みなと》へ行けば、おまえの顔なじみに会えるぞ、ピッピ」

ピッピはパパの話をきくと、うれしくてたまらなくなり、台所のテーブルの上で逆立《さかだ》ちして足をばたばたさせました。

けれどもトミーとアニカは、自分たちが少し悲《かな》しくなっているのを感じずにはいられませんでした。だれかが、自分たちからピッピをつれていこうとしているみたいに思えたのです。

「さあ、おいわいしよう」足をゆかにつけて立つと、ピッピは大きな声でいいました。

「ごたごた荘《そう》がゴタゴタと音をたてるくらい、盛大《せいだい》にいわうわよ！」

ピッピが夕食をすばやくテーブルにならべると、みんなもすぐ席《せき》について食べはじめました。

ピッピはかたゆでたまごを、からごと三つ、口におしこみました。そして自分がどんなによろこんでいるかを見せるために、ときどきパパの耳をかみました。

自分のベッドで寝《ね》ていたニルソンさんは台所へかけこんでくると、ナガクツシタ船長の姿《すがた》を見て、びっくりして目をこすりました。

「おまえ、まだニルソンさんをつれてるのか」ナガクツシタ船長はいいました。

「ええ、そうよ。ほかにも動物がいるの」ピッピは立っていくと、馬をつれてきました。

馬はかたゆでたまごをひとつもらい、口をもぐもぐうごかしました。

ナガクツシタ船長は自分の娘《むすめ》が、ごたごた荘《そう》を住みごこちよく、きちんととのえているのを見て、とても満足《まんぞく》しました。旅行カバンにたくさんの金貨《きんか》をもっていることにも満《まん》足《ぞく》でした。自分がいなくても、ピッピが暮《く》らしにこまることはなかったとわかったからです。

おなかがいっぱいになると、ナガクツシタ船長はカバンから太鼓《たいこ》をひとつ、とりだしました。それは、クレクレドット島《とう》の人たちが獲物《えもの》をささげておどるときに、ボンボコたたいて拍子《ひょうし》をとる太鼓《たいこ》でした。

ナガクツシタ船長はゆかにすわって、太鼓《たいこ》をたたきだしました。トミーとアニカがきいたこともない、低《ひく》くてにぶい変《か》わった音です。

さっそくピッピは大きなくつをぬぐと、長くつ下をはいた足で、おどりだしました。そのおどりもまた、変《か》わったものでした。

ついには王さまのエフライムも、おどりだしました。クレクレドット島《とう》でおぼえた戦《いくさ》ダンスです。槍《やり》をふりまわし、盾《たて》をかまえ、あらあらしい身《み》ぶりをくりかえし、はだしの足で台所のゆかをドスンドスンふみ鳴らします。

「ゆかがぬけちゃう！」ピッピがさけびました。

「気にするな」ナガクツシタ船長はそういって、さらにぐるぐるまわりながら、おどりつづけました。「さあ、おまえもクレクレドット島《とう》のおひめさまになれ。わしのいとしい娘《むすめ》よ」

するとピッピはぴょんととんで、パパといっしょにおどりだしました。ふたりはむかいあって、ほえたり、さけんだり、ときには高くとびあがったりします。

トミーとアニカは見ているだけで、目がまわりそうになりました。ニルソンさんもおなじと見えて、ずっと目をふさいでいました。

やがてダンスは、ピッピとパパとのレスリング試合《じあい》に変《か》わりました。ナガクツシタ船長が娘《むすめ》をほうりなげると、ピッピは帽子棚《ぼうしだな》にとばされました。でも、そこでじっとしているようなピッピではありません。ピッピはすぐにうなり声をあげ、台所をひとっとびしてパパのエフライムに組みつきました。

と思うや娘《むすめ》になげられたパパは流《なが》れ星《ぼし》のようにすーっととんでいき、頭からたきぎ箱につっこみました。逆《さか》さまになった太い足がにょっきりと、たきぎ箱からつきだしています。パパは太っているのと、笑《わら》いすぎて力がはいらないのとで、もう自分では身《み》うごきがとれないようでした。たきぎ箱の底《そこ》から、大きな笑《わら》い声《ごえ》が雷《かみなり》みたいにひびいてきます。

ピッピが足をつかんで、ひっぱりあげようとすると、パパは窒息《ちっそく》しそうになりました。足がくすぐったくて、なおさら笑《わら》いがとまらなくなってしまったのです。

「く、く、くすぐるな」ナガクツシタ船長は苦しそうにいいました。「海になげこんでもいい、窓《まど》からほうりだしてもいい。だが、足をくすぐるのだけは、やめてくれ！」

ナガクツシタ船長があまりにはげしく笑《わら》うので、トミーとアニカはたきぎ箱が破裂《はれつ》してしまうのではないかと心配になりました。

ようやく、たきぎ箱からぬけだせたナガクツシタ船長は、ゆかに足がついたとたん、ピッピにとびかかり、えいっとなげとばしました。

ピッピは台所を横《よこ》にびゅんととんで、すすだらけのコンロに顔で着地《ちゃくち》しました。

「ハハ、いきなりクレクレドット島《とう》のおひめさまよ」ピッピはうれしそうにさけぶと、すすでまっ黒になった鼻《はな》づらをトミーとアニカにむけました。それからまた新たにうなり声をあげ、パパに突進《とっしん》しました。

ピッピがパパをはたくと、木の皮の腰《こし》みのがガサガサと音をたて、木の皮が台所じゅうに散《ち》らばりました。金のかんむりも頭からおちて、テーブルの下にころがりました。

ついにピッピはパパをゆかにねじりたおし、その上に馬のりになりました。

「どう、降参《こうさん》する?」

「ああ、降参《こうさん》、降参《こうさん》」ナガクツシタ船長はいいました。

それから、ふたりして大きな声で笑《わら》い、ピッピはパパの鼻にかるくかみつきました。

「こんなに楽しいのは、シンガポールで船乗《ふなの》りたちの飲み屋を、おまえといっしょに一掃《いっそう》して以来《いらい》だ」ナガクツシタ船長はそういってテーブルの下にもぐりこみ、かんむりをひろいました。「クレクレドット島《とう》の連中《れんちゅう》に見せたいよ。島をおさめる王さまが、ごたごた荘《そう》のテーブルの下で、ゆかにはいつくばってる姿《すがた》をさ」

ナガクツシタ船長はかんむりを頭にのせると、腰《こし》みのを手ですいて形をととのえました。腰《こし》みのは、少しうすくなったみたいでした。

「それ、プロの修繕屋《しゅうぜんや》さんにだしたほうがいいんじゃない?」ピッピはいいました。

「そうだな、まあ、かまわんだろう」ナガクツシタ船長はこたえると、ゆかにどっかりと腰《こし》をおろし、おでこの汗《あせ》をぬぐいました。「ところで、ピッピ。おまえ、いまでも、うそをつくことがあるのかい？」

「そうね、時間があればね。でも、そんなにしょっちゅうじゃないわ」ピッピはひかえめにいいました。「パパはどうなの？　パパだって、うそにかけちゃ、相当《そうとう》なものだったわよ」

「まあな。クレクレドット島《とう》の連中《れんちゅう》には、その週のあいだ、ぎょうぎよくしていたら、土曜日の晩《ばん》に少しばかり、うその話をきかせてやってる。太鼓《たいこ》の伴奏《ばんそう》と、たいまつおどりといっしょに、ささやかな〈うそと歌のゆうべ〉というのをやるのさ。わしのうそがひどければひどいほど、やつらは太鼓《たいこ》をはげしくたたくぞ」

「ふうん、そう」ピッピはいいました。「あたしには、だれも太鼓《たいこ》なんか、たたいてくれないわ。あたしはここでひとり、自分にうその話をきかせてやってるの。きいているとうれしくなるくらい、たっぷりうそをつくんだけど、だれもそのために、くしを吹《ふ》いてもくれない。このまえの夜なんか、ベッドにはいってから、長いうその話をしたのよ。子牛がレースを編《あ》めて、木にものぼれる話。それで、あたし、自分でその話をまるごとすっかり信《しん》じたの。うその話としては最高《さいこう》でしょ！　でも、太鼓《たいこ》なんか……、太鼓《たいこ》なんか、だれもたたいてくれないの！」

「ならば、わしがたたいてやろう」ナガクツシタ船長はいいました。そして娘《むすめ》のために、ボンボコボンボコ、しばらくのあいだ、太鼓《たいこ》をたたきつづけました。

パパのひざにすわったピッピが、すすけた顔をほっぺたにおしつけたので、パパの顔もピッピのように黒くなりました。

アニカはそばに立って、さっきからずっとあることを考えていました。それを口にだしていいものかどうかはわかりませんでしたが、いわずにはいられませんでした。

「うそついちゃいけないのよ。お母さんがそういうわ」

「ばかだな、アニカ」トミーが口をはさみました。「ピッピは、本当にうそをついてるんじゃない。思いついたでたらめを、お話にしてるだけだよ。そんなこともわからないのか、おばかさん！」

すると、ピッピはトミーを考えぶかげに見つめました。

「あんたって、ときどき頭のいいことをいうのね。将来《しょうらい》、どえらい人になるんじゃないかと心配になるわ」

もう夜もふけていました。トミーとアニカは家へ帰らなければなりません。

それにしても、いろいろなことがおきた一日でした。生きている本物《ほんもの》のクレクレドット島《とう》の王さまを見られるなんて、とても楽しいできごとだったはずです。もちろん、ピッピにとって、パパが帰ってきたことは、とてもうれしいことにちがいありません。

それでも、それでもです！

トミーとアニカはベッドにもぐりこんでも、いつものようにおしゃべりをしませんでした。

子ども部屋《べや》は、しんとしずまりかえっていました。

突然《とつぜん》、ため息がきこえました。トミーのため息です。そしてすぐにまた、べつのため息がきこえました。こんどは、アニカのです。

「なんで、ため息なんかつくんだよ?」トミーがいらついた声できききました。

でも、返事《へんじ》はありませんでした。アニカは、ふとんの中で泣《な》いていたのです。

8　ピッピがおわかれパーティーをひらきました

つぎの朝、トミーとアニカがごたごた荘《そう》の台所の入口からはいっていくと、家じゅうにものすごいいびきがとどろいていました。ナガクツシタ船長は、まだおきていません。でもピッピは台所のゆかに立って、朝の体操《たいそう》をしているところでした。

ピッピはトミーとアニカを見ると、うごきをとめていいました。

「あたしの将来《しょうらい》はきまったわ。あたし、クレクレドット島《とう》のおひめさまになるの。でも一年の半分は、ホッペトッサ号で世界じゅうを航海《こうかい》するわ。パパはいうの。半年間、島をちゃんとおさめることができれば、残《のこ》りの半年は王さまなしでも、あいつらはやっていけるだろうって。ね、わかるでしょ。むかしながらの本物《ほんもの》の海の男は、ときどきは船にのって海の上にいるのを実感《じっかん》しないといけないのよ。

それにパパは、あたしの教育のことも考えてるの。あたしが本当にりっぱな海賊《かいぞく》になるには、島で王室《おうしつ》の暮《く》らしばかりしていてはだめだって。宮廷《きゅうてい》生活では、からだがなまっちゃうって」

「ごたごた荘《そう》では、もう暮《く》らさないの？」トミーは、おそるおそるたずねました。

「そうね、年金生活にはいったらね」ピッピはこたえました。「つまり、五十か六十になったらってこと。そのときは、いっしょに楽しく遊ぼうね」

このことばは、トミーとアニカにとって、たいしたなぐさめにはなりませんでした。

ピッピは夢見《ゆめみ》るように、話しつづけました。

「とにかく、あたしはクレクレドット島《とう》のおひめさまなの。おひめさまになれる子なんて、そうめったといないのよ。あたし、すてきなおひめさまになるわ！　両耳《りょうみみ》にイヤリングをじゃらじゃらつけて、鼻にもちょっと大きめの輪《わ》っかをぶらさげて」

「ほかには、なにをつけるの？　服は？」アニカがききました。

「ほかには、なにもなしよ。それだけよ。でも毎朝、からだじゅうにくつずみをぬって、みがくのはゆるす。そうすれば、島の人たちとおなじように黒くなれるもの。そして夜になったら、くつといっしょにブラシがけに自分をだせばいいのよ」

トミーとアニカはピッピがどんな姿《すがた》になるのか、想像《そうぞう》してみました。

「ピッピの赤毛に黒はあうかしら？」アニカが、ためらうようにいいました。

「見てなさい。あわなければ、髪《かみ》を緑に染《そ》めるまで」ピッピは大きく息をもらすと、さらにうっとりとした調子でしゃべりつづけました。「ああ、ピッピロッタひめ！　ああ、なんという暮《く》らし！　ああ、なんという美しい姿《すがた》！　ダンスもたくさんするわ！　ピッピロッタひめがおどるのよ、炎《ほのお》に照《て》らされ、太鼓《たいこ》のひびきにあわせてね。あたしの鼻輪《はなわ》もふるえるってものよ！」

「いつ……、いつ、出発するの？」トミーが、とぎれとぎれの声でききました。

「ホッペトッサ号がいかりをあげるのは、明日《あした》よ」ピッピはこたえました。

それからしばらくのあいだ、三人はだまりこんでいました。もう話すことがなかったのです。

しまいにピッピは宙返《ちゅうがえ》りをひとつうつと、いいました。

「でも今夜は、ごたごた荘《そう》でパーティーをひらくわ。おわかれパーティーよ。話はそれだけ！　あたしにさよならをいいたい人は、だれでもきていいのよ」

うわさは野火《のび》のように、たちまちにして、この小さな小さな町の子どもたちにひろまりました。

「ピッピ・ナガクツシタが町からでていくんだって。今夜、ごたごた荘《そう》でおわかれパーティーがひらかれるって。だれでも行っていいらしいよ」

パーティーに行きたい子はたくさんいましたが、結局《けっきょく》、三十四人が参加《さんか》することになりました。

トミーとアニカは、今夜だけは何時《なんじ》まででもおきていていいという約束《やくそく》を、お母さんにとりつけました。お母さんも、そうしなければならないということをよくわかっていました。

ええ、トミーとアニカは、ピッピがおわかれパーティーをひらいたこの夜のことを、けっしてわすれないでしょう。風はあたたかく気もちよく、とても美しい夏の晩《ばん》でした。

「夏とは、こういうものだ！」と思わずひとりごとをいってしまうのは、まさにこういう晩《ばん》のことでしょう。

ピッピの庭のバラはどれも燃《も》えるようにまっ赤《か》な花を大きくひらき、うす明かりの中でいい香《かお》りをはなっていました。古い木々《きぎ》はひそひそと秘密《ひみつ》をささやくように、風にゆれていました。

本当に、本当に、なにもかもがすばらしいのでした。そう、あのことが……、あのことさえなければ……。トミーとアニカは、もうそれ以上《いじょう》、考えたくはありませんでした。

町の子どもたちはみな、オカリナをもってやってきました。オカリナを元気よく吹《ふ》きながら、ごたごた荘《そう》の庭の小道を行進《こうしん》してきたのです。トミーとアニカが先頭でした。

子どもたちがベランダの階段《かいだん》の下に立つと、玄関《げんかん》のドアがあき、ピッピがあらわれました。そばかすだらけの顔に、目がきらきらと光っています。

「ようこそ、あたしのぼろ家《や》へ」ピッピはそういうと、両《りょう》うでをひろげました。

アニカは、ピッピをじっと見つめました。ピッピがどんな子かを、ちゃんとおぼえておくために。赤いおさげ髪《がみ》、そばかす、明るい笑顔《えがお》、そして大きな黒いくつ、そうしたもののすべてを、アニカはしっかりと目に焼《や》きつけました。

家のおくからは、にぶい太鼓《たいこ》の音がきこえていました。ナガクツシタ船長が台所のゆかにすわって、ひざのあいだにおいた太鼓《たいこ》をたたいているのです。きょうも王さまの衣装《いしょう》を着《き》ています。ピッピがたのんだのです。子どもたちはみんな、生きている本物《ほんもの》のクレクレドット島《とう》の王さまを見たいだろうとわかっていましたから。

台所はすぐに、そばでよく見ようとエフライム王のまわりにあつまった子どもたちでいっぱいになりました。アニカは、もっとたくさんの子たちがこなくてよかった、これ以上《いじょう》きていたら足のふみ場もなかったわ、と思いました。

アニカがそう思ったちょうどそのとき、庭からアコーディオンの音がきこえてきました。フリードルフを先頭に、ホッペトッサ号の船員たちが全員やってきたのです。アコーディオンをひいているのは、フリードルフです。ピッピは昼間《ひるま》のうちに港《みなと》へおりていき、むかしなじみにあいさつをして、おわかれパーティーにぜひきてほしいとたのんだのでした。

船員たちがきたことに気がついたピッピは走っていって、フリードルフをだきしめました。フリードルフの顔が青くなると、ピッピは手をはなしてさけびました。

「さあ、音楽。音楽よ！」

そこで、フリードルフはまたアコーディオンをひきはじめました。エフライム王は太鼓《たいこ》をたたき、子どもたちはオカリナを吹《ふ》きました。

台所の、ふたがしめられたたきぎ箱の上には、サイダーのびんがならべられていました。テーブルには、生クリームがたっぷりぬられた、まるいケーキが十五個《こ》。オーブンの上のコンロには、ソーセージがいっぱいはいった大きななべがのっています。

まずは、エフライム王がソーセージを八本、がつがつと食べました。子どもたちもそれにならったので、台所ではソーセージをほおばる音しかきこえなくなりました。

ソーセージのあとは、ひとりひとりがケーキとサイダーを好《す》きなだけ、とりました。台所は少し手狭《てぜま》だったので、ケーキをもってベランダや庭にでていくお客たちもいました。夏の夜のうす明るい光の中で、ケーキの白い生クリームがうきたつように光っています。

やがて、おなかがいっぱいになると、トミーが「ソーセージとケーキの腹《はら》ごなしに、なにかして遊ぼう」といいだしました。「たとえば、『ヨンにつづけ』とか？」

ピッピはその遊びをどうやるか知らなかったので、トミーが説明《せつめい》しました。ひとりがヨンになって、ほかのみんなはヨンのうしろに一列《れつ》にならび、ヨンがやるとおりにからだをうごかすのです。

「うん、やろう！ それ、おもしろそうじゃないの！ やるんだったら、あたしがヨンになるのがいちばんね」ピッピはそういうと、すぐに洗《せん》たく小屋《ごや》の屋根《やね》にのぼりだしました。はじめに庭の柵《さく》に足をかけ、そこから洗《せん》たく小屋《ごや》の屋根《やね》へ、おなかをすりながらよじのぼるのです。

ピッピとトミーとアニカは、まえに何度《なんど》もやったことがあったので、わけなくできました。でも、ほかの子どもたちは、むずかしいと思いました。

マストにのぼり慣《な》れているホッペトッサ号の船員たちは、かんたんにできました。でもナガクツシタ船長には、なんともやっかいなことでした。船長は太っていたからです。しかも木の皮の腰《こし》みのが、からまってしまうのです。

やっとこさっとこ屋根《やね》にのぼったナガクツシタ船長はハアハアと肩《かた》で息をし、「この腰《こし》みの、すっかりだめになってしまった」と、がっかりした声でつぶやきました。

つぎにピッピは、洗《せん》たく小屋《ごや》の屋根《やね》から地面《じめん》にとびおりました。小さな子どもたちには、これはこわくて、できそうにありません。でもフリードルフはとてもいい人で、とびおりられそうにない子どもたちを、ひとりずつかかえておろしてくれました。

つづいてピッピは芝生《しばふ》の上で、六回でんぐり返しをしました。これは、みんなもおなじようにできました。ナガクツシタ船長をのぞいては。

「おーい、だれか、うしろからおしてくれ。さもないと、わしにはできん」船長が声をあげると、ピッピが手を貸《か》しました。

ピッピはとてもじょうずに背中《せなか》をおしたので、でんぐり返しをはじめると、船長のからだはとまらなくなり、六回ではなく十四回も芝生《しばふ》の上を玉のように、ごろんごろんところがりました。

そのあいだにピッピは、家のほうへ走っていきました。玄関《げんかん》まえのベランダの階段《かいだん》をかけあがって中にはいり、窓《まど》のひとつからでてくると、足を大きくひろげて外の壁《かべ》にたてかけてあったはしごに移《うつ》りました。そして、はしごをいきおいよくのぼり、屋根《やね》の上にとびのると、屋根《やね》のてっぺんを走っていって、えんとつにぴょんとあがり、片足《かたあし》で立って、おんどりのように高らかに鳴いてみせました。

それから屋根《やね》のまえにある木に頭からとびこみ、幹《みき》を地面《じめん》まですべりおり、薪小屋《まきごや》へ走っていき、薪小屋《まきごや》の中でおのをとると、壁《かべ》の板を一枚《まい》わって、そこから外にはいだし、庭の柵《さく》にとびのり、その上を五十メートルほど綱《つな》わたりのようにバランスをとって歩きました。そこからナラの木をよじのぼり、てっぺんの枝《えだ》でようやくひと息つきました。

ごたごた荘《そう》のまえの道には、すでにたくさんの人だかりができていました。この人たちはあとで家へ帰ってから、家族《かぞく》にこんなふうに話しました。ごたごた荘《そう》のえんとつに王さまが片足《かたあし》で立っているのを見たと。王さまは「コケコッコー！」と鳴き、その声はあたり一面《めん》にひびきわたったと。でも、その話を信《しん》じる人はひとりもいませんでした。

そのナガクツシタ船長は、屋根《やね》からおりたあと、薪小屋《まきごや》の木の板のせまいあなからはいだそうとしたところで、あんのじょう、からだがはさまり、まえにもうしろにも進めなくなってしまいました。それで、この遊びはやめることになりました。

子どもたちは薪小屋《まきごや》の外にあつまって、フリードルフが壁《かべ》の木の板を切って、ナガクツシタ船長を助けだすのを見ていました。

「実《じつ》に、ばかげた愉《ゆ》快《かい》な遊びだった」助けだされた船長は、満足《まんぞく》そうにいいました。「おつぎは、なんだ？」

「以前《いぜん》はよく、船長とピッピ、どっちが強いか力くらべをしましたよ。あれは見ていて、実《じっ》に楽しかったですぜ」フリードルフがいいました。

「いい考えだ。だがな、こまったことに、娘《むすめ》のほうが、わしよりどんどん強くなっているのだ」

フリードルフと船長が話しているあいだ、トミーはピッピのすぐそばに立っていました。

「ピッピ……」トミーはささやきました。「ぼく、心配しちゃった。『ヨンにつづけ』をしていたとき、きみがぼくたちの隠《かく》れ場《ば》所《しょ》のナラの木の中にもぐりこむんじゃないかって。ぼく、あの隠《かく》れ場《ば》所《しょ》のこと、だれにも知られたくないんだ。たとえ、ぼくたちがもうあそこへ行くことはなくても」

「あそこは、あたしたち三人だけの秘《ひ》密《みつ》よ」ピッピはいいました。

さて、ナガクツシタ船長は娘《むすめ》との力くらべを披《ひ》露《ろう》しようと、鉄《てっ》製《せい》のバールを手にとりました。そしてそれを、ろう細《ざい》工《く》のように、まん中からぐにゃりとまげてみせました。

ピッピもべつのバールをとり、おなじようににぐにゃりとまげると、いいました。

「だめだめ、こんなかんたんなの。あたしがゆりかごの中で、ただのひまつぶしにしてたことじゃないの」

そこで、ナガクツシタ船長は台所のドアをはずしてきて、地面《じめん》におきました。その上にフリードルフと七人の船員をのせ、たかだかともちあげると、そのままのかっこうで芝生《しばふ》の上を歩きだしました。

あたりは、すでに暗《くら》くなりかけていました。ピッピは庭のあちらこちらに、かがり火をともしました。ゆらめく炎《ほのお》が庭一面《めん》に、美しくもあやしげな光をはなちます。

船長が芝生《しばふ》の上を十周《しゅう》したところで、ピッピがききました。

「もう、おしまい？」

そのとおりでした。こんどはピッピの番です。

ピッピは台所のドアの上に、まず馬をすわらせました。馬の背《せ》には、フリードルフと三人の船員をすわらせました。その四人には、それぞれ子どもをふたりずつ、だかせました。フリードルフは、トミーとアニカをだきました。ピッピはそのドアをたかだかともちあげると、芝生《しばふ》の上を歩いて二十五周《しゅう》しました。かがり火の光をうけたその姿《すがた》は、実《じっ》に堂々《どうどう》としたものでした。

「たしかに、おまえはわしより力もちだな」ナガクッシタ船長はいいました。

そのあとは、みんなで芝生《しばふ》の上に腰《こし》をおろしました。フリードルフがアコーディオンをひき、船員たちが船乗《ふなの》りの歌のなかでもとくに美しい歌を何曲《なんきょく》かうたいました。子どもたちは歌にあわせておどりました。ピッピはたいまつを両手《りょうて》にもって、だれよりもはげしくおどりまくりました。

パーティーの最後《さいご》は、花火でしめくくられました。ピッピはシューッとまっすぐとぶのやら、くるくるまわりながらとぶのやらを、つぎつぎとうちあげました。

空一面《めん》に散《ち》っていく花火を、アニカは玄関《げんかん》まえのベランダにすわって見あげていました。どの花火も、とてもきれいでした。風はとてもあたたかく、気もちのいいものでした。暗《くら》くなっていたので、もう花そのものは見えませんでしたが、バラの香《かお》りは感じることができました。

なにもかも本当にすばらしいのに……、あのことさえ……、あのことさえなければ……。

アニカは、冷《つめ》たい手に心臓《しんぞう》をぐっとつかまれたように感じました。

明日《あした》は、どうなるのでしょう？　残《のこ》りの夏休みは？　そして、これから先ずっと――。ごたごた荘《そう》に、ピッピがいないなんて。ニルソンさんもいないなんて。ベランダに馬もいないなんて。馬にのることも、ピッピと遠足に行くことも、ごたごた荘《そう》の台所で楽しい夜の時間をすごすことも、幹《みき》の中にサイダーがなる木もなくなってしまうのです。もちろん、木は残《のこ》っていますが、アニカはピッピがいなくなれば、木にサイダーがなることはもうないだろうと確信《かくしん》していました。

明日《あした》、トミーとアニカはなにをするのでしょう？　クロッケーをするのでしょうか。アニカは、ため息をつきました。

パーティーがおわりました。

子どもたちはお礼《れい》をいって、さようならをいって、帰っていきました。ナガクツシタ船長は、船員たちといっしょにホッペトッサ号へもどっていきました。船長はピッピもついてくるだろうと思いましたが、ピッピはもうひと晩《ばん》、ごたごた荘《そう》でねむりたいといいました。

「明日《あした》、十時にいかりをあげて出港《しゅっこう》だ。わすれるなよ」ナガクツシタ船長は歩いていきながら、大きな声でいいました。

こうして、ごたごた荘《そう》には、ピッピとトミーとアニカだけが残《のこ》りました。三人は暗闇《くらやみ》の中、だまったまま、玄関《げんかん》まえのベランダの階段《かいだん》にすわっていました。

しばらくすると、ピッピがようやく口をひらきました。

「あんたたち、ここへきて遊んでいいのよ。かぎは、ドアの横《よこ》のくぎにかけておくから。つくえのひきだしの中のものは、みんなあげる。ナラの木の中に、はしごをかけておけば、あんたたちだけでおりていけるわ。もう、これからは、木の中にサイダーはならないと思うけど。サイダーの季節《きせつ》はおわったの」

すると、トミーが真顔《まがお》でいいました。

「いいんだ、ピッピ。ぼくたち、もうここへはこないから」

「もうこないわ、ぜったいに」アニカもいいました。

そして、アニカはこんなことも考えていました。これから先、ごたごた荘《そう》のまえを通るときは、かならず目をつぶって通るわ。ピッピのいない、ごたごた荘《そう》なんて――。アニカは、また冷《つめ》たい手に心臓《しんぞう》をぐっとつかまれたように感じました。

9　ピッピは船にのりました

ピッピは、ごたごた荘《そう》のドアにしっかりとかぎをかけました。かぎはドアのすぐ横《よこ》のくぎにぶらさげました。それから馬をもちあげて、ベランダからおろしました。この玄《げん》関《かん》まえのベランダから馬をおろすのも、これが最後《さいご》です。

ニルソンさんはすでにピッピの肩《かた》にのり、神妙《しんみょう》な顔をしていました。いつもとちがうだいじなことがおきていると、わかっているのです。

「これで、もうすることはないわね」ピッピはいいました。

トミーとアニカは、うなずきました。ええ、もうすることはありません。

「でも、まだ早いわ。歩いていこう。そうすれば時間がつぶせる」ピッピはいいました。

トミーとアニカは、もう一度うなずきました。でも、なにもいいませんでした。

三人は、町のほうへ歩きだしました。港《みなと》のほうへ。ホッペトッサ号のほうへ。馬はできるだけ、ゆっくりと歩いてついてきました。

ピッピは肩《かた》ごしにふりかえり、ごたごた荘《そう》を見あげました。

「いごこちのいい家だったわ。ノミもいないし、なにもかもよくできてた。これから住むことになる泥《どろ》の小屋《こや》より、ずっといい」

トミーとアニカは、なにもいいません。ピッピは話をつづけました。

「もしもあたしの泥小屋《どろごや》に、おそろしいくらいノミがたくさんいたら……。そうね、そのときはノミを飼《か》いならして、葉巻《はまき》の箱におしこめて、夜になったら箱からだして、夫婦《ふうふ》で組にしておにごっこをやらせるわ。ノミの足にはリボンをむすんで、そのなかでいちばんよくいうことをきく二匹《ひき》に、トミーとアニカという名前をつけて、あたしのベッドで毎《まい》晩《ばん》、寝《ね》かせてあげる」

この話をきいても、トミーとアニカはなにもいいませんでした。

「あんたたち、いったい、どうしちゃったの？」ピッピはいらいらして、ききました。

「だまったまま歩きまわるのって、危険《きけん》なのよ。使わないでいると、舌《した》ってしぼんじゃうんだから。まえにね、あたし、インドのカルカッタでタイル張《ば》りストーブをつくる職人《しょくにん》さんを知ってたの。その人、いつも口をきかないのよ。そしたら、やっぱり、なるべくしてなったわ。あたしに『さようなら、ピッピ。よい旅を。長いこと、ありがとう！』っていおうとしてね。どうなったと思う？　ひどいしかめっつらよ。口《くち》の蝶《ちょう》番《つがい》がさびついちゃってたの。それでミシン油をちょっとたらしてあげたら、やっと『ウー　ブイ　ウェームイ！』って音がでたんだけど、口の中をのぞいたら、なんとまあ、舌《した》がしおれた小さな葉っぱみたいになってたの！　だから、その人、生きているあいだじゅう、『ウー　ブイウェー　ムイ！』以外《いがい》、しゃべれなくなっちゃったのよ。あんたたちもそうなったら、こまるでしょ。ちょっといってみなさいよ。その職人《しょくにん》さんより、うまくいえるかどうかやってみて。『さようなら、ピッピ。よい旅を。長いこと、ありがとう！』」

「『さようなら、ピッピ。よい旅を。長いこと、ありがとう！』」トミーとアニカは、ピッピにいわれたとおりにいいました。

「ああ、よかった、おどかさないでよ。あんたたちが、『ウー　ブイ　ウェー　ムイ！』

なんていったら、あたし、どうしたらいいかわからなかったわ」

そうこうしているうちに、ピッピたちは港《みなと》につきました。

港《みなと》には、ホッペトッサ号がとまっていました。ナガクツシタ船長が甲《かん》板《ぱん》に立ち、大きな声でつぎつぎに命《めい》令《れい》をだしています。船員たちは船上を右に左にかけまわり、出港《しゅっこう》の準備《じゅんび》に大いそがしです。

埠《ふ》頭《とう》では、小さな小さな町のすべての人がピッピを見送ろうとあつまってきていました。そして、そこにいま、ピッピがトミーとアニカとニルソンさんと馬といっしょに到着《とうちゃく》したというわけです。

「ピッピ・ナガクツシタがきたぞ！　ピッピのために道をあけろ！」そんな声がひびいて、人々はピッピたちを通すために、わきによりました。

ピッピはうんうんとうなずきながら、右に左にあいさつし、それから馬をもちあげて、埠頭《ふとう》から船にかけられたわたり板の上を歩いていきました。かわいそうな馬は、うたぐるようにあたりを見まわしています。馬というのは、もともと船旅《ふなたび》が好《す》きではないのです。

「おお、いとしい娘《むすめ》よ、やっときたな」ナガクツシタ船長はそういうと、船員たちに命《めい》令《れい》をだすのをやめてピッピをだきよせました。ピッピの胸《むね》を自分の胸《むね》にぎゅっとおしつけたので、ふたりのあばら骨《ぼね》がこすれてギシギシと大きな音をたてました。

この朝ずっと、アニカはのどになにかつっかえるものを感じながら歩いてきました。そののどのつかえが、ピッピが馬をもちあげて船にのりこむ姿《すがた》を見て、ついに、はずれました。アニカは泣《な》きだしたのです。埠頭《ふとう》においてあった荷箱《にばこ》にもたれかかり、はじめはしずかに、やがて声をあげてわんわんと——。

「泣《な》くなよ」トミーがいらついて、いいました。「人前《ひとまえ》でみっともないだろ！」

トミーに注意されると、アニカはいよいよ、はげしくしゃくりあげました。涙《なみだ》がまるで滝《たき》のようにあふれでてきて、とまりません。肩《かた》が大きくふるえています。

トミーは石をひとつ、けとばしました。石はころがって、埠頭《ふとう》から海におちました。本当は、その石をホッペトッサ号になげつけたかったのです。自分たちからピッピをうばっていこうとする、にっくき船に！　さらにいえば、だれも見ていなければ、トミーだってちょっと泣《な》きたいくらいでした。でも、そうはいきません。トミーは石をもうひとつ、けとばしました。

そのとき、ピッピがわたり板の上を走ってきました。ピッピはトミーとアニカのところへかけてきて、ふたりの手をとり、いいました。

「あと十分《じっぷん》ある」

するとアニカは荷箱《にばこ》の上につっぷして、胸《むね》もはりさけんばかりに、さらにはげしく泣《な》きだしました。トミーは足もとに、もうけとばす石がなかったので、ぎゅっと歯を食《く》いしばり、きびしい顔をしています。

ピッピのまわりを、この小さな小さな町の子どもたちがとりかこみました。子どもたちはオカリナをとりだし、ピッピのためにわかれの曲を吹《ふ》きはじめました。ことばではいいあらわせられないほど、とても悲《かな》しい曲でした。心の底《そこ》からなげき悲《かな》しんでいるような音《ね》色《いろ》です。

アニカははげしく泣《な》きつづけていて、もう自分の足で立っていられないほどです。

トミーはピッピのためにおわかれの詩《し》を書いてきたことを思いだし、紙をひろげて読みはじめました。こまったことに声がふるえてなりません。

さよなら　ピッピ　お元気で

どうか　ぼくらを　わすれないで
これからも　ずっと　この町で
たいせつにするよ　きみとの思い出

「あら、最後《さいご》が『で』でそろっていて、とってもいい感じよ」ピッピは満足《まんぞく》そうにいいました。「暗記《あんき》して、クレクレドット島《とう》の人たちにきかせるわ。毎晩《まいばん》、たき火をかこむときに」

ピッピのもとへ、さらにたくさんの子どもたちがおわかれをいいに、四方八方《しほうはっぽう》からおしよせてきました。

ピッピは片手《かたて》をあげて、子どもたちをしずかにさせました。

「みんな、きいて。この先、あたしはクレクレドット島《とう》の子どもたちとだけ遊ぶことになるの。なにをして遊ぶかは、まだわからない。野生《やせい》のサイとおにごっこをするかもしれないし、ヘビつかい団《だん》を結成《けっせい》するかもしれない。ゾウにのるかもしれないし、家になる泥《どろ》小屋《ごや》の外のヤシの木で綱《つな》のブランコをするかもしれない。まあ、とにかく、いつもなにかして、ひまをつぶすことにするわ」

ピッピは少し間《ま》をおきました。トミーとアニカは、これからピッピが遊ぶことになる、島の子どもたちのことをにくらしく思いました。

「でも」ピッピは、また話しだしました。「たぶん、いつか雨の季節《きせつ》がくるわ。そしたら一日、たいくつよね。雨のとき服を着《き》ないで外を走りまわるのは楽しいけど、そうはいっても、せいぜい、ずぶぬれになるだけよ。ずぶぬれになったら、あたしの泥小屋《どろごや》にはいるわよね。小屋《こや》全体が泥《どろ》だらけになっていなければの話だけど。小屋《こや》がどろどろの泥《どろ》になってたら、それで泥《どろ》のケーキを焼《や》くだけよ。でも泥《どろ》だらけになってなかったら、あたしたち、つまり、あたしと島の子どもたちは小屋《こや》の中にすわる。すると子どもたちはたぶん、こんなことをいうわ。『ピッピ、なにか話をして!』って。そしたら、あたしは地球の反対側《はんたいがわ》の、遠い遠いところにある、小さな小さな町について話してきかせるの。その町に住んでいる、白い子どもたちのことをね。『その町の子どもたちは、みんな、とってもかわいいの。小さな天使みたいに、足以外《いがい》はからだじゅうまっ白で、オカリナを吹《ふ》いていて、いちばんすごいのは、かかさんのコツができることなのよ』って。島の子どもたちはかかさんのコツができないから、どうしようもなくうろたえちゃうかもね。そしたら、あたし、その子たちをどうしよう……？

うん、そのときはね、泥小屋《どろごや》をこわして、どろどろの泥《どろ》にして、泥《どろ》のケーキを焼《や》くわ。そして自分たちを、首まで泥《どろ》にうめちゃうの。かかさんのコツから考えをそらすために。まあ、そこまでやってもだめだったら、それはよっぽどのことだわね。では、みんな、ありがとう！　これで、おわかれよ！」

すると子どもたちは、それまでよりもいっそう悲《かな》しくオカリナを吹《ふ》きはじめました。

「ピッピ、船にのる時間だぞ！」ナガクツシタ船長がさけびました。

「アイアイ、船長！」ピッピはパパにむかって返事《へんじ》をすると、トミーとアニカをふりむき、じっと見つめました。

トミーはピッピの目を見て、いつもとちがうと思いました。まえにトミーがとても重い病気になったときの、お母さんの目にそっくりだったのです。

アニカは泣《な》きながら、荷箱《にばこ》の上にたおれこんでいました。

ピッピはアニカをだきおこすと、ささやきました。

「アニカ、さようなら。泣《な》かないで！」

アニカはピッピの首に両《りょう》うでをまわして、苦しそうな声をしぼりだしました。

「さようなら、ピッピ……」

それからピッピはトミーの手をとり、ぎゅっとにぎりしめました。そして、その手をはなすと一気《いっき》に、わたり板を走っていきました。

トミーの鼻を大きな涙《なみだ》の粒《つぶ》がつたいました。いくら歯を食《く》いしばっても、もう役にはたちません。すぐにまた、もうひとつ、大粒《おおつぶ》の涙《なみだ》がこぼれました。

トミーはアニカの手をにぎりました。そうして、ふたりはそこにじっと立って、ピッピの背中《せなか》を見つめていました。ピッピが甲板《かんぱん》にあがりました。けれども涙《なみだ》のベールごしには、なにもかもがぼやけて見えました。

「ピッピ・ナガクツシタ、バンザイ！」埠頭《ふとう》にいる人たちが、さけびました。

「フリードルフ、わたり板をひきあげろ！」ナガクツシタ船長が命令《めいれい》をだし、フリードルフはそれにしたがいました。

ホッペトッサ号は、いままさに、地球の反対側《はんたいがわ》の遠い遠い島へむけて出港《しゅっこう》しようとしているのです。

ところが、そのとき――。

「だめ、パパのエフライム」ピッピがいいました。「だめだめ。あたし、こういうの、がまんできない！」

「なにが、がまんできないって？」ナガクツシタ船長がききかえしました。

「神のつくりたもう緑の大地に、あたしのせいで悲《かな》しくて泣《な》いている人がいるってことによ。しかも、それはトミーとアニカなのよ。わたり板をおろして！　あたし、ごたごた荘《そう》に残《のこ》る」

ナガクツシタ船長は少しのあいだ、だまっていましたが、しまいにこういいました。

「おまえの好《す》きにしな。これまでだって、いつもそうしてきたように」

ピッピはこくりとうなずき、しずかにいいました。

「そうよ、あたしは、いつもそうしてきたわ」

ピッピとパパは、さっきのように、ぎゅっとだきあいました。ふたりのあばら骨《ぼね》がこすれる音が、またギシギシとひびきます。父と娘《むすめ》は、ナガクツシタ船長ができるだけたくさん、ごたごた荘《そう》のピッピに会いにくるということで納得《なっとく》しあいました。

「だって、パパのエフライム、そうでしょ？　子どもにとっては、ちゃんとした家に住むのがいちばんなのよ。海を旅してまわったり、泥小屋《どろごや》に住んだりするより、ずっといいの」

「うん、おまえはいつも正しいことをいう。ごたごた荘《そう》で、どこにいるよりもちゃんとした暮《く》らしをする、それがいちばんだ。とくに小さな子どもにとっちゃな」

「そのとおりよ。小さな子どもにとっては、少しはちゃんとした暮《く》らしをするのが、いちばんだいじなの。とくに子どもが自分でちゃんとやるというのがね！」

ピッピは、ホッペトッサ号の船員たちにもわかれを告《つ》げました。パパのエフライムとも、最後《さいご》にもう一度だきあいました。それから力強い両《りょう》うでで馬をもちあげ、ニルソンさんを肩《かた》にのせ、わたり板を歩いて埠頭《ふとう》へもどっていきました。

ホッペトッサ号のいかりが、あげられました。

最後《さいご》の最後《さいご》に、ナガクツシタ船長はあることを思いだしました。

「ピッピ、おまえ、もう少したくさん金貨《きんか》をもっていたほうがいいぞ！　うけとれ！」

船長はさけぶと、金貨《きんか》のつまった新しい旅行カバンをほうりなげました。

でもホッペトッサ号はすでに埠頭《ふとう》からはなれてしまっていたので、残念《ざんねん》ながらカバンはピッピのところまでとどきませんでした。

バッシャーン！　旅行カバンは海にしずんでいきました。

埠頭《ふとう》にいた人たちは、ああもったいないと、ため息をもらしました。でもそのときまた、バッシャーン！と音がしました。ピッピが海にとびこんだのです。と思うや、ピッピはカバンをくわえて、水から顔をだしました。

埠頭《ふとう》にはいあがったピッピは、耳のうしろにへばりついた海草をひきはがしながら、いいました。

「これで、あたしはまたトロルみたいにお金もちになったわ」

トミーとアニカには、なにがおきたのか、まだよくのみこめませんでした。口をぽかんとあけて、ピッピと馬とニルソンさんと旅行カバンと帆《ほ》にいっぱい風をうけて港《みなと》からでていくホッペトッサ号を見つめています。

「きみ……、船にのってないんだね……？」トミーは、おずおずといいました。

「見ればわかるでしょ」ピッピはそういうと、両方《りょうほう》のおさげから水をしぼりました。それからトミーとアニカと旅行カバンとニルソンさんを馬にのせ、自分もひらりとまたがると、明るい大きな声でいいました。

「ごたごた荘《そう》に帰るわよ！」

そこでようやく、トミーとアニカにもはっきりとわかりました。トミーはあまりのうれしさに、すぐに大好《だいす》きな歌をうたいだしました。

スウェーデン人が　やってきた
ドンジャラ　ドンジャラ　ホーイホイ！

アニカはあまりにはげしく泣《な》いていたので、すぐに泣《な》きやむことができず、しばらくのあいだ鼻をすすっていました。でもそれは、いつのまにか、うれし泣《な》きに変《か》わりました。ですから、じきに泣《な》きやむでしょう。

アニカは、ピッピの両《りょう》うでがしっかりと自分のおなかをおさえてくれていることを感じて、心からほっとしました。ええ、本当に、本当に、本当に、なにもかもがすばらしいと思いました！

「ねえ、ピッピ。きょうは、なにをするの？」アニカは泣《な》きやむと、すぐにピッピにききました。

「そうね、クロッケーとか」

「いいわね」アニカも賛成《さんせい》しました。ピッピがいっしょなら、クロッケーだって、ふつうとはちがうものになるとわかっていましたから。

「それとも……」ピッピがいいかけると、小さな町の子どもたちは話のつづきをきこうとして、馬のまわりにあつまりました。

「それとも……、川へ行って、水の上を歩く練習《れんしゅう》をするのもいいかも」

「水の上なんか歩けないよ」トミーが口をはさみました。

「歩けないってことはないわ」ピッピはいいかえしました「いつだったか、あたし、キューバで家具職人《かぐしょくにん》さんに会ったのよ、その人……」

そこで馬はいきおいよく走りだしました。

馬のまわりにあつまっていた子どもたちにはもう、ピッピの声はきこえません。それでも、みんなは長いこと埠頭《ふとう》に立って、ピッピたちをのせ、ごたごた荘《そう》をめざして全速力《ぜんそくりょく》でかけていく馬のうしろ姿《すがた》を見つめていました。

やがて、その姿《すがた》ははるかかなたで小さな点になり、しまいにまったく見えなくなりました。

訳者あとがき

この作品は、スウェーデンの児童文学作家アストリッド・リンドグレーン(一九〇七―二〇〇二)の代表作『長くつ下のピッピ』の続篇です。一九四五年、首都ストックホルムにあるラベーン&シューグレーン社から出版された『長くつ下のピッピ』は、たちまちにして世間の注目をあつめ、翌年、その人気が世界にひろまっていくなかで発表されたのが、「ピッピ」シリーズ全三巻の二作目となる、この『ピッピ 船にのる』でした。

ある小さな小さな町のはずれにある〈ごたごた荘〉と呼ばれる家で、馬とサルのニルソンさんと暮らす、世界一強い女の子ピッピ・ナガクツシタ。ピッピはこの続篇でも前作にひきつづき、持ち前のスーパーヒーローぶりを発揮し、ますます小さな町になくてはならない存在になっていきます。たとえば、買いものにでかけた町で子どもたちのためにお菓子やおもちゃを山ほど買ったり、年に一度のお祭りで逃げだしたトラをつかまえたり――。読者は想像を絶するピッピの大胆不敵な言動にハラハラドキドキしながらも、ユーモアと正義感にあふれた小さなスーパーヒーローに、いつのまにか心からの拍手を送りたくなることでしょう。

一方、前作とのちがいは、海で大嵐にあい、行方不明になっていたパパが、ピッピが信じていたとおり、生きてピッピの前に現れる点にあります。クレクレドット島という南の島の王さまになったナガクツシタ船長の登場によって物語は大きく展開し、ピッピは小さな町をはなれ、パパとホッペトッサ号にのって南の島へ行くことになるのです。

そんなわけですから、七章以降は主人公に対してはもとより、大好きなピッピを見送らなければならなくなったトミーやアニカの気持ちに寄り添って、物語を読み進める方も多いのではないかと思います。かくいう私も、アニカに共感するあまり、訳しながら何度も泣いてしまいそうになりました。とくに八章のアニカが〈ごたごた荘〉のベランダにすわって、おわかれパーティーの花火を見あげている場面や、九章の埠頭《ふとう》の場面は本当に切なく、その情景がありありと目に浮かんできます。もちろん、四章の遠足の場面で無意識のうちに鼻をほじり、ピッピに「〈真にすてきな女性〉は、ひとりのときに鼻をほじるものよ！」と注意されるアニカも可愛くてたまりません。おそらく、この続篇を読んで、新たにアニカのファンになられる読者も少なくないでしょう。

印象的な場面は、ほかにもあります。なかでも、四章のブロムステルルンドという男が登場するくだりは、のちに社会のオピニオン・リーダーとして動物愛護や子どもへの体罰反対を訴えた作者を知るうえで、とても重要な意味を持っています。

馬を激しくムチ打つブロムステルルンドに対し、トミーとアニカの先生は、「どうして、そんなに動物をいたぶるのですか？」と厳しい口調で問いただします。でも、ブロムステルルンドは素直に悔い改めるような男ではありません。そこでピッピの出番です。ピッピはブロムステルルンドをくりかえし空高くほうりなげて懲《こ》らしめますが、ムチを使って相手をいためつけるようなまねはしません。それどころかブロムステルルンドのムチをポキポキ折って、使えないようにしてしまうのです。そして、この事件の最後に先生はピッピの行いをほめたたえ、動物にも人にもやさしく親切にするものだとしめくくります。「わたしたちは、そのために、この世に生まれてきた」のだと——。

一九七八年、まもなく七十一歳になろうとするアストリッド・リンドグレーンは、ドイツ書店協会平和賞の授賞式で「暴力は絶対だめ！」という熱のこもったスピーチを行いました。具体的な内容は、このスピーチと同名の本が石井登志子さんの訳で岩波書店から出版されていますので、ご興味のある方はぜひ読んでいただきたいのですが、端的《たんてき》に言えば、従来しつけのためとされてきたムチ打ちに代表されるような子どもへの体罰、とくに家庭での子どもへの体罰・虐待を全面的に否定し、暴力の連鎖をなくすことこそが世界平和につながる、と主張するものでした。

このスピーチの反響はたいへん大きく、その翌年、スウェーデンでは世界に先がけて、アストリッドの主張がつぎのように民法の条文に盛りこまれました。

スウェーデン親子法第六章一条

子は日常生活の世話を受け、精神的に安定した生活を享受し、社会生活を維持していくために必要なしつけを受ける権利を有する。子はそれぞれの特性に応じて、一人の人間として尊重され、体罰またはその他精神的虐待を受けない。

（菱木昭八朗訳）

また一九八五年、農場主の娘として育ったアストリッドは、スウェーデンの大手日刊紙「ダーゲンス・ニーヘーテル」に、家畜は檻の中に閉じこめず、屋外ののびのびとした環境で飼うべきだという趣旨の記事を書き、議論をまきおこしました。以後、その動物愛護のための献身的な活動は国の内外で高く評価され、自然保護団体などから数々の賞を受賞するにいたりました。

このように、ブロムステルルンドのくだりと、晩年の作者の主張をならべてみると、明らかに共通したテーマが流れていることがわかります。一見、荒唐無《こうとうむ》稽《けい》な話と思われがちなピッピの物語の中に、晩年のアストリッドが声を大きくして訴えたテーマがすでに描かれているのです。

作者は、ピッピについて、こんなことばを残しています。

「もし私が、ピッピというキャラクターに、子どもの読者を面白がらせようと思う以外に特別な意図を込めたとするならば、力を持ちながらも、その力に振り回されないことが可能であるということを示したかったのだと思います。おそらく、それが人生でいちばん難しい課題でしょうから。力はいたるところで乱用されています。（中略）でも、ピッピは親切です！ ピッピは世界中のどの子どもよりも力を持っていて、大人も子どもも怖がらせることができます。でも、ピッピはそうしたでしょうか？ いいえ、ピッピはそんなことはしません。ピッピは親切で手助けを惜《お》しまず、気前がよくて、本当に必要なとき以外は厳しい態度はとりません」

（「長くつ下のピッピ™の世界展」図録、『長くつ下のピッピ』誕生秘話 より）

そうなのです！ ピッピは善《よ》いことのためにのみ、その力を使い、誰かに意地悪をしたり、他人を貶《おとし》めたりすることには、けっして使いません。力の乱用はしないのです。だからこそ、ピッピはトミーとアニカをはじめとする子どもたちからばかりでなく、小さな町の大人たちからも信頼されるようになっていくのです。

五章のお祭りの場面には、ソーセージ屋のおじいさんを困らせるラーバンという乱暴者が登場します。ピッピは、四章のブロムステルルンドと同じく、ラーバンのこともくりかえし空に投げあげて懲らしめます。自らも〈空中遊泳〉と呼ぶ、このなんともユーモラスなやり方が、世界一強い女の子ピッピの悪者を懲らしめる方法なのです。小さなスーパーヒーローの得意技と言ってもいいかもしれません。

一方で、この二巻目では前作以上に、遠足に行った森で死んだ小鳥を見つけたときのリアクションや、最後の港でのどんでんがえしなど、ピッピの繊細で心やさしい姿を示すエピソードが織りこまれています。久々に会ったパパのひざにのってあまえる場面では、明るく威勢のいいイメージとはひと味ちがうピッピの一面も、読者は垣間《かいま》見ることになるのです。


さて、新装版リンドグレーン・コレクションの「ピッピ」シリーズでは、スウェーデン語の原書と同じ、イングリッド・ヴァン・ニイマン(一九一六―一九五九)の挿絵を使っています。ここで少し、画家についてもふれておきましょう。

イングリッド・ヴァン・ニイマンは旧姓をヴァン・ラウリセンといい、デンマークの首都コペンハーゲンで生まれ、父親の故郷、ユトランド半島にあるヴァイエンという町で育ちました。幼いころに父親が結核で亡くなったり、自分も結核に感染してイタリアに転地療養したりと、なにかとおちつかない子ども時代を過ごしたのち、一九三七年、コペンハーゲンの王立美術アカデミーに入学、そこでスウェーデン人の画家で詩人のアルネ・ニイマンと出会い、結婚します。そしてストックホルムに居を移し、一男をもうけますが、数年で破局。イングリッドは離婚後もストックホルムにとどまり、挿絵の仕事を本格化させます。そして一九四五年、ラベーン&シューグレーン社から『長くつ下のピッピ』の挿絵の依頼を受けるのです。この仕事によってイングリッド・ヴァン・ニイマンの名もまた世間に知られるようになり、新進気鋭の挿絵画家はリンドグレーン作品以外にも活躍の場をひろげていきました。もちろん、彼女のピッピへの愛着は失せることはなく、一九五〇年代後半には一連のピッピの漫画も手がけています。けれども残念なことに、デンマークにもどって数年後の一九五九年、イングリッドは精神的な病から自ら命を絶ってしまいました。「ピッピのもうひとりの生みの親」とも呼べる才能豊かな仕事仲間の早すぎる死を、アストリッド・リンドグレーンがどんなに悼《いた》んだかは言うまでもありません。

ところで、イングリッド・ヴァン・ニイマンという画家は、葛飾北斎などの日本の浮世絵を丹念に模写することにより、独学で線描を学んだと言われています。たしかに、ひとつひとつの挿絵をよく見てみると、彼女が「線」の画家なのだということがよくわかります。しかも細部まで丁寧に描かれた線画は、初版から七十年以上たった今も、古びるどころか、とてもモダンで新鮮ささえ感じさせてくれるのです。今回、日本語版でも原書と同じピッピの挿絵が採用されたと知ったら、日本文化の影響を強く受けたイングリッドはさぞや喜んだでしょう。これを機に、わが国でも彼女の作品に、もっと光があたることを期待したいところです。

最後に、今回の訳文について、いくつか補足をしておきます。

翻訳に使ったスウェーデン語の原書は、前作同様、二〇一六年の改訂版です。

スウェーデンのお金の単位はクローナです。二章と五章にでてくるエーレという単位は、現在は使われていません(百エーレ＝一クローナ)。ちなみに二〇一五年にデザインが一新された紙幣のうち、二十クローナ札にはアストリッド・リンドグレーンの肖像とピッピの挿絵が用いられています。

二章の薬局の場面でピッピが薬を混ぜあわせて飲みますが、薬を混ぜることはもちろん、それを飲むことはたいへん危険です。また、四章でニルソンさんが手鏡で日光をトミーの目に反射させていますが、これも危険な行為ですので、まねしないでください。

ピッピの台詞には、ところどころ、国名や地名の古い呼び名が使われています。たとえば三章にでてくるアビシニアは、現在のエチオピアをさします。また、四章にでてくるバタビアは現在のジャカルタ(インドネシアの首都)、九章にでてくるカルカッタは現在のコルカタ(インド、西ベンガル州の州都)のことです。翻訳では現在の名称におきかえることも検討しましたが、作者が生前に手を入れなかったこと、二〇一六年の改訂版でもそのままになっていることを考慮《こうりょ》し、作品にでてくる国名、地名は原文のままとすることにしました。

なお、六章の無人島の場面で、ピッピがしゃがれ声でうたう「死人の箱には十五人……」の一節は、岩波少年文庫『宝島』（スティーヴンスン作　海保眞夫訳）より引用しました。

「ピッピ」シリーズの最終巻となる次作『ピッピ　南の島へ』では、いよいよ南の島が舞台となります。ピッピの達者な口も、〈空中遊泳〉をはじめとする得意の力技も、もちろん健在です。さらなるピッピの活躍に、どうぞ、ご期待ください！

二〇一八年　晩秋

菱木晃子

アストリッド・リンドグレーン
(Astrid Lindgren 1907-2002)
スウェーデンのスモーランド地方生まれ．1945年に刊行された『長くつ下のピッピ』で子どもたちの心をつかむ．その後，児童書の編集者を続けながら数多くの作品を生み出した．その作品は全世界100か国以上で読み継がれている．没年，スウェーデン政府はその功績を記念して，「アストリッド・リンドグレーン記念文学賞」を設立．2005年には，原稿や書簡類がユネスコの「世界の記憶」に登録された．

菱木晃子(1960-)
東京都生まれ．スウェーデンの児童書を中心に，翻訳と紹介に活躍．訳書に，ラーゲルレーヴ作『ニルスのふしぎな旅』(福音館書店)，スタルク作『おじいちゃんの口笛』(ほるぷ出版)ほか多数．著書に，『はじめての北欧神話』(徳間書店)，『大人が味わうスウェーデン児童文学』(NHK出版)，『巨人の花よめ』(BL出版)など．2009年，スウェーデン王国より北極星勲章受章．2018年，日本・スウェーデン外交関係樹立150周年記念「長くつ下のピッピ™の世界展」を監修．

リンドグレーン・コレクション
ピッピ 船にのる

アストリッド・リンドグレーン作
イングリッド・ヴァン・ニイマン絵

2018年12月11日 第1刷発行
2024年 7月25日 第3刷発行

訳 者 菱木《ひしき》晃子《あきらこ》

発行者 坂本政謙

発行所 株式会社 岩波書店
〒101-8002 東京都千代田区一ツ橋2-5-5
電話案内 03-5210-4000
https://www.iwanami.co.jp/

印刷・法令印刷 カバー・精興社 製本・牧製本

ISBN 978-4-00-115732-1 Printed in Japan
NDC949 206p. 19cm